寂寞的上午

文刀莎拉——著

獻給陽光 Janet

記得在另一個世界，也要閃耀自己

推薦序一

文刀先生與莎拉小姐

林淵源 建築師
專欄作家、插畫家、建築師多重身分

如果文刀莎拉是男人，我看到他在此書療癒自己50%的伊底帕斯情結，缺少另一半乃因爲她是女人。

如果文刀莎拉是男人，他會是島嶼上最懂女人的男人。但是目前島嶼上只有一個男人，與他身體裡的半個女人。

這是個主人翁自己尚未證實有沒有愛過的愛情故事，以生活的切分音符爲情節，有時切得緩慢，有時急促。進到書裡只需要跟著生活、工作、吐槽……與被吐槽，然後感覺到舌頭下方微微的苦味，那就是情愛尚未包裝前的味道，那是「原型食物」。

書裡喃喃自語的男人，時而碎唸著身旁的女人，時而想念著她們。時而又不小心洩漏了「身體裡藏了一個善妒多疑的女人」這個祕密。但，誰不如此呢（我按了按自己身體，裡面那個女的「我」睡得正酣）？哪個人沒有隱藏一個備用性別在暗無光線的身體深處啊！

如果有機會，我會建議你找一位「一本書期間型」的伴侶，讓他爲你、或是你爲他朗讀這本書，因爲這樣可以與他一起逐字閱讀，也逐日參與書中的他與她們。

也許在這些以#號爲姓、數字爲名的早晨裡，會看見跟你們一樣的身影，趕著上班打卡、打怪，打著一則又一則明知會被「已讀不回」卻仍「執迷不悔」的簡訊。

推薦序二

真的只要開始看你就會停不下來！

劉祥德
高雄Weeasy威易聯合辦公室創辦人、總經理
曾任藍天電腦大中國資產事業行銷中心副總經理
威易聯合辦公室──https://www.weeasy.com.tw/

「哼─男人」這是李雪琴在脫口秀大會第三季數落完她的老闆丟下的一句話，在我快速的看完文刀沙拉的新作《寂寞的上午》後，一樣是這一句「哼─男人」。

莎拉用了175個上午寫了這部作品，當男主角Peter失望的跳入異國的河中，留在岸上已經無用的手機，收到了135天來沒有被N回覆過的訊息「一切有爲法，如夢幻泡影，如露亦如電，應作如是觀。」然後回到第一天的上午，金黃色的阿勃勒重現在窗口，是一場夢一場把男人寫的明明白白的夢。

我們身邊成功的男人典型總是事業有點成就霸主一方，名牌的西裝與各種像樣的行頭一樣不缺，還有一些時尚的愛好比如公路車或者是健身，當然不能少的還有幾位紅粉

知己，與客戶在球場上或酒場上應付自如，加上一隊類死黨不時的過著快活的時光，外人看來就是標準的人生勝利組。

而旁人看不見的卻是要面對時而老母親的寂寞，老父親的風流與不安；看似呼來喝去的紅粉知己間有的要刻意閃躲，還有的早就已讀不回或者早就把男人封鎖拉黑了；旁人只看到男人的事業還蒸蒸日上著，完全不知道這是男人已經需要透過獨處、陌生的時空找一點喘息的時空。

軟弱或脆弱都不太能精準的描寫男人，或許內心深處都藏著依賴，小男孩有著母親的照護，上學或者是出門都可以安心的等著母親的提點，完全可以忘掉家庭作業是不是寫完了抑或是哪個晚上需要補習英文；結了婚有了小朋友，男人也可以忘記小孩的補習時間甚至什麼時候考試；在職場男人當上了主管，開始有了團隊或者是助手，逐漸練就的就是運籌帷幄的能力，講眞的就是剩一張嘴了；有了穩當的依靠男人可以自然的回到忘記補習時間的狀態，空出來的時間去尋找自己認爲的美好空間。

一派輕鬆的忘形到有一天發現父母老了不再是依靠了，喜歡的紅粉知己再也聯絡不上了，連助理都已經可以分享男人多年的彪炳戰功時，這些都是原來就可以預期到的都發生了，男人瞬間就崩潰了。

一個又一個的上午，再平凡不過的日常，莎拉用著就像現代的連續劇的畫面，用文字一幕一幕精彩的寫實呈現，上一部《當我想你的時候》莎拉用一個又一個的場景刻畫著情感的流瀉，而《寂寞的上午》用平凡的日常描繪出男人的內心。

眞的只要開始看你就會停不下來！

故事開始

一切有爲法，如夢幻泡影，如露亦如電，應作如是觀。

自序

因爲姓劉，所以筆名前兩個字是劉的拆解：文刀。喜歡自己給自己取的英文名字勝過中文名字，所以叫莎拉。以上，解答有些讀者對於筆名的提問。

這本書，關於孤獨，關於個人與自己相處，也關於對自身的提問：「我眞的愛身爲我，這樣的人嗎？」如果你非常討厭自己，恨不得重新投胎，那一定會得憂鬱症吧？（我不是心理醫師，隨意猜想，請不要受我影響。）

我想這本書的主角還是愛自己的，（哎呦我怎麼破梗？）但就是「可惜了。」、「當初早知道就該這樣！」這是我們面對事情，在自我內心裡經常會出現悔恨的句子，這是不順遂的句子，但這樣才稱作人生吧？

很喜歡茄子蛋的一首歌：〈孤獨的人，我們一起出發〉。

來吧，一起出發，希望你翻開第一頁時，就愛上這本書。

目錄 CONTENTS

推薦序一．文刀先生與莎拉小姐／林淵源 建築師 3
推薦序二．真的只要開始看你就會停不下來！／劉祥德 總經理 5
自序 8
#365個早晨～#190個早晨 10
#365個早晨～#361個早晨 188

#365個早晨

窗臺的陽光淺淺的踏進來，閃閃發亮的金黃色灑在黃色窗簾上，他看著窗外阿勃勒開滿了一大串一大串的黃色花朵，清早起床的這一片黃色，讓他想要立刻跳起來迎接世界。他感覺奇餓無比，覺得自己現在可以一次吃掉八個太陽煎蛋。

#364個早晨

外面陽光燦爛，他穿好最近新買的自行車衣，鏡子前面左右繞一圈，對自己很滿意，然後戴上安全帽，跨上他的愛車，天氣很好，他決定沿著河濱騎完一圈後繞山路回家，這樣騎完大概一個半小時，中間休息一下，騎滿二個小時剛剛好。

#363個早晨

下雨了，才出門十幾分鐘，騎單車騎得正高興就下起雷陣雨。但是已經有心理準備可能會下雨，抱著僥倖的心態就是這種結果吧？

他無奈笑笑，不過這陣雨淋起來挺舒服。

他開始加速，路上其他的騎車同好也都急忙加速，總算騎到路橋下暫時避雨，等待

雨停。

「說不定等下可以看到彩虹！」他自以爲是的樂觀態度，驅使他這樣想著。

#362個早晨

清晨梳洗完，他照照鏡子裡微笑的自己。他的同事曾經開玩笑的對他說：「你總是這樣樂觀嗎？每天笑容滿面，到底你的陰影在哪裡？沒有陰影的人，應該很容易被太陽曬傷吧？」

「陰影？我的陰影在哪裡呢？」他自己也想不通，但他自己知道，他沒辦法與家人相處，家人其實就是他的陰影。

跟家人在同一個屋簷下，除了吃飯時間加上必要的交談，其他時刻，他會躲進自己房間一整天，直到其他人都睡了，他才會離開房間活動。所以他會盡量躲避回家，自己在外面住，自由自在多了。

#361個早晨

幾天來的大雨，總算解除了幾個月來的酷熱以及旱象。然而下大雨的結果，就是失去戶外運動的樂趣，他在家拼命踩在跑步機上好幾個小時都還不過癮，跑步機運動結束，再把自行車架上練習架，開始把踩自行車當作飛輪運動，配上樂音震天的搖滾樂，一樣也是踩好幾個小時才過癮。

他感覺自己根本是藉著運動逃避什麼？有嗎？他懷疑的問自己。誰叫這幾天大雨傾盆，沒有戶外空間可以伸展四肢，全身都不舒服。

也許，他心底的靈魂是郊狼，或是獵豹。

#360個早晨

鬧鐘響了，時間定在六點，這是平日他必須提前起床準備上班的時間。不過今日不用、明日不用，其實往後日子都不用了，因爲他的工作已經不需要打卡，算是人生打怪成功進階一等，他感到無比的輕鬆愉快。

但他還沒有打算把鬧鐘設定時間取消，因爲他希望可以維持跟往日一樣的作息。不過他把手機拿起來按掉鬧鐘之後，還是選擇繼續睡回籠覺，畢竟今天正好是睡覺的好天氣，窗外綿綿細雨，微風陣陣。

「好涼快！」他喃喃自語翻個身繼續睡。

#359個早晨

昨天晚上看氣象，今天會是一整天沒有大量雲層的藍天，他想如果眞的天氣這麼好，就帶著相機出門，他想要去河邊拍水鳥，或是森林公園拍樹梢上的綠繡眼築巢。

不過今天早上起床，雲很厚、面積很大，感覺是陰天，這影響到拍照的心情，結果煮杯咖啡後，他就繼續在家做沙拉、煎蛋、煮燉飯、開紅酒、切起司、烤魚……他的烹飪魂突然出現，總之他想吃光冰箱的食材，好好的賴在家裡。

#358個早晨

昨天晚上參加一場同業聚會，他又碰見了那位微笑小姐，她見到他總是微微一笑，然後轉身收起笑容跟同事嚴肅的討論事情，他很好奇她是一位怎樣的專注小姐。但他喜歡看她微笑的樣子，所以心底總是呼喚她微笑小姐。

太陽已經從窗戶曬進來刺進他的眼睛，他還是不想起床，繼續想著昨天晚上的事情，直到鬧鐘響起，噪音吵得讓他無法忍受，他才起床梳洗，不過起床的心情不是太美妙，他覺得一陣煩躁，這些生活裡多餘的事情與思緒，讓他開始覺得生活複雜了起來。

#357個早晨

也許等下去游泳。早上睜開眼睛的第一個念頭，就是吃完早餐想要去久違的游泳池悠游一下，而且也許多游點仰式讓自己放輕鬆。他把音響打開，從冰箱拿出兩顆蛋、兩片吐司、一顆番茄、一片培根，把平底鍋預熱，然後淋上橄欖油，把番茄切片，加上所有材料放進去鍋裡煎，吐司放進烤吐司機。

雞蛋沒有了，要再去超市補貨，番茄也快沒了，一起買吧，想再買些起司變換早餐口味，也許再買點小黃瓜，就這樣邊想雜事，邊把早餐組合起來，煎過的番茄做三明治眞的比沒有煎過的番茄美味。

少了一杯咖啡，吃完三明治，慢慢手沖一杯咖啡給自己，時間竟然就快中午了。

沒有時間游泳了，他想，要快點準備下午的會議，他轉進衣帽間抓起西裝套上，然後到書房打開電腦。

「今天又不能游泳了。」他自言自語。

#356個早晨

他昨晚夢見微笑小姐指著他的報告說出一大堆漏洞，責怪他並不是嚴肅看待這個專

案，完全用學生交作業的心態來做這份工作。

但他自認已經把所有該考慮的細節都考慮進去了，況且微笑小姐指出的問題，根本也不會是影響專案成敗的因素，他考慮的業務策略重點與微笑小姐的思考邏輯完全不同。

起床一陣煩亂，其實這是夢，也是上週工作的煩惱，在週末短暫的放下後，週一工作日的前一晚上又在夢裡浮現出來。

隨便煎個蛋，匆忙喝完咖啡，他選了一條深土黃偏金色的領帶，穿上深灰藍的襯衫，配上深綠色的襪子。

「總之，方案就這樣，客戶已經箭在弦上，跑不掉的。」他在心裡對自己說，「不管微笑小姐怎麼不滿意我的專案，客戶還是我的，跟微笑小姐一點關係也沒有，何必在意她的意見呢？」然後他對著鏡子點點頭。

#355個早晨

眼睛還沒有張開，耳朵先聽到窗外的鳥鳴聲，一大群鳥聚集吱吱喳喳，該說悅耳還是嘈雜？他猜現在應該才清晨六點左右。

昨天晚上開了好幾瓶紅酒跟「類哥兒們」一起慶祝，餐桌上還一片狼籍，他沒有清理，送走同事就急忙脫掉襯衫，把自己的身體往床上送，實在太累也喝得太多了。

揉揉眼睛起床刷牙、洗臉、沖澡，然後拖著腳跟，拖鞋聲啪噠啪噠的一路往餐廳，洗杯子、盤子、清掉酒瓶裡剩下的酒漬放進回收桶，邊收拾心裡邊嘮叨，「每週請的打掃阿姨只幫忙掃地、擦地、刷浴室，但不可能幫忙洗一星期的衣服跟碗盤吧？衣服跟碗盤累積一週才請阿姨洗，家裡應該也臭掉了。難道應該每天都請打掃阿姨來做家事嗎？但是這樣開銷增加，家裡每天都有不熟識的人來，也怪怪的。」

一陣煩亂雜亂的思緒襲來，然後看見時鐘指在七點半的地方，突然胸口一緊，緊張了起來，趕快收起腦中的胡思亂想，把電腦拿出來，查看昨天客戶聽完業務簡報後，決定下單的產品存貨數量是否還夠？看完鬆一口氣，「還好，很足夠的。」

鬆一口氣後，他突然覺得胸口很悶，很煩躁，因爲等下進公司要面對微笑小姐，昨天業務簡報沒有依照她的建議修改，就直接去面對客戶，雖然訂單拿到一大筆，在他自己的預料之中，但他猜不到微笑小姐會如何反應，因爲他一直都不了解她的性格，以前也從未跟她合作過。

是今年開始，微笑小姐被調到這個部門，業務的所有文件都會經過她，但其實她的

建議都跟業務實質工作關係不大，基本上她只是個總經理的棋子，這枚棋子用來計算業務量跟業務獎金，製作買賣契約等文書工作，但卻莫名其妙常把廠商請款發票弄不見、請款件已經到達哪一位主管哪裡完全不清楚，有時候她會以爲自己握有極大權力，用行政流程來卡住業務的工作。

他一想到這點，就煩惱得不知如何是好，甚至不想進公司工作了。

#354個早晨

沒有打算要起床應付世俗事務，因爲他被微笑小姐徹底打敗，即使帶著業務訂單回部門，他的主管還是要自以爲中立，先誇獎他，然後再站在微笑小姐一方給他軟釘子，不過就是文書工作，如果該負責文書工作的人不做，還要指正業務部門如何塡寫文書，甚至一改、二改、三改才滿意，根本就是在找業務麻煩，業務的時間不是該用在來服務客戶嗎？簡單塡寫文件回報業務狀況，應該就可以了吧？對於業務來說，訂單才是需要仔細塡寫清楚的文件吧？

他一直覺得行政秘書或是業務助理工作，卻掛著業務經理這樣的人，應該取名「米蟲」才對。他認爲公司的經營者不知道是接受哪一種企管大師門派的經營學，竟然卡那麼多行政助理，常搞不清楚狀況，以爲自己在爲公司權益發聲、甚至爲自己的部門主管維護自尊，常把客戶惹得很不高興、廠商弄得很暴躁，然後再趾高氣昂的請業務去善後，毫無任何價值！

昨天處理完客戶訂單出貨的事情，他就提早回家睡覺。在外面只要碰到挫折、不如意，對他而言，最好的解方就是回家睡覺，好好睡上一整個晚上外加第二天一整個白日。醒來就能忘掉一切，再度生龍活虎。

#353個早晨

早餐是一杯簡單的咖啡，其他東西都吃不下，今天必須提前一個小時進公司參加業務會議，每週一次的業務會報讓人神經緊張、胃絞痛，肚子裡沒有食物可以讓胃激烈消化，可能才是比較好的對策。

這一週他的業績不但達標、甚至一整季的業績目標都已經提前完成了。還好他有自己的原則，沒有聽任微笑小姐胡亂指導，否則給客戶的簡報資料可能因此耽誤，甚至會被微笑小姐一再修改，再說，微笑小姐對業務的建議完全沒有強制性。

他進公司拿著筆記本電腦進會議室，大家都已經到了，每個人桌前有一份吃了一定

會拉肚子的沙拉三明治外加塑膠瓶裝冰豆漿，是業務行政經理微笑小姐準備的。

他最討厭塑膠瓶裝的飲料，既不環保、又不健康。他把那份早餐推到隔壁同事桌上，他的同事樂得吃兩份早餐。

業務副總進會議了，副總開始請同事們簡短報告自己業績，他報告完後，副總大大稱讚了他一番，他也虛心地收下了，有其他同事賴著他中午應該要請大家吃飯，他也同意了。心情突然好了起來。

但不到一分鐘就開始煩躁、厭惡，因爲微笑小姐在會議結束後，突然靠近他的身體，臉頰非常貼近的對他說：「我就知道你這個客戶會下一大筆訂單，如果你有照我的建議修改，訂單數字應該會更漂亮。」

#352個早晨

你以爲職場性騷只發生在女性身上嗎？昨晚他就在男性被性騷擾的現場。

他噁心到無法從床上起來。自從微笑小姐到這個業務部門來上班以後，他就常常不想去公司，如果可以只做業績、跑客戶，不用進辦公室該多好？

但他還是努力起床，替自己打杯蔬果汁，安排等下要去拜訪的客戶動線，然後上傳到公司網站去。

上傳客戶拜訪路線沒過幾秒鐘，他才剛舉起杯子要喝會讓自己心情好一點的蔬果汁，想要好好淨化自己，就接到微笑小姐的電話：

「你的拜訪路線要不要調整一下，中午可以經過公司嗎？我們一起午餐，討論下午那組重要客戶的拜訪，看看有沒有什麼要注意的事情？」

「我想想看，待會如果有調整，我再重新上傳調整後的拜訪路線。」

其實他根本不會重新考慮路線重新調整，因爲他一點也不想見到微笑小姐，昨天一整個晚上的聚餐聚會，他的肩膀、手臂不斷受到微笑小姐的拍打、揉捏騷擾，他今天絕對不會想要再見到她。

#351個早晨

「你有很嚴重的潔癖喔！讓女生拍拍肩膀、捏捏手臂有什麼關係？不高興頂多你也捏她的手臂回敬她就好了。如果是我，就直接用力拍回去了，喜歡的女生更是直接抱著啊！」他躺在床上回想昨天同事對他說的話。

「我有潔癖嗎？」他問自己。

也許吧，他對人我之間的關係界線分得很清楚，跟客戶相處也一定保持他自己認爲安全、舒適的距離，除了因爲他自己特別不喜歡別人觸碰他的身體這個主要原因之外，這也算是他的業務技巧之一，他覺得這樣可以建立客戶對他的既定印象，他拿訂單僅止於對產品的專業與盡責、服務，自認爲絕對沒有模糊地帶，這樣可以省去很多麻煩，但當然也有不喜歡他這類型業務的客戶，多的是客戶想要拉近距離，多一點好處與回饋。

所以他的潔癖應該就是人我之間要分得特別清楚嗎？但其實他自己隱隱約約明白，他自己是絕對的雙重標準，要不要跟客戶保持安全距離，全在於他對於客戶的印象與他對應客戶的策略。所以他很清楚，自己的潔癖應該是，所有他看得順眼、喜歡的人、有業績利益的人、非常重要且不可或缺的客戶，才有資格佔他便宜，或是讓他親近。不過如果是這樣的定義，那麼其實他不算有潔癖，也不算太有原則，甚至可以說是沒有理性可分析的原則。

但總之，不能讓微笑小姐繼續把重點放在他身上，他再也無法忍受了。

#350個早晨

今天早晨有種久違的輕鬆感，他愉快的起床替自己做早餐，把培根、切好的蘋果一起放在平底鍋中用奶油煎，然後轉身手沖咖啡，水煮蛋已經煮好，他把早餐全部裝盤，端著咖啡，手臂夾著一本書坐到陽台去，今天早上的天氣實在太棒了。吃完早餐，翻完書，起身準備進公司處理一些雜事，突然想起微笑小姐，然後他噗哧大笑了起來。

昨天他對微笑小姐的確有點殘忍，但是他必須對她殘忍，才能讓自己處在持續愉快的工作環境中。他直接對部門副總投訴微笑小姐騷擾他，並且干擾他日常的業務活動，因此讓他萌生辭職的想法。

他判斷自己在業務部門的業績，足以小小影響副總的決定，最後，微笑小姐調回原來的倉儲部門，不能再干涉業務部門的事物。微笑小姐快速調換部門的事情，傳遍整個業務部，他那位對這件事情稍有了解的同事，非常有默契的看看他，然後對他說：

「原來你的陰影在這裡啊！現在我知道，你不至於會被陽光曬死！」

#349個早晨

昨天晚上特別保養了皮膚，一個月一次自己在家做臉，很熟練的把臉部皮膚去角質、敷上面膜。業務拜訪客戶，至少也要外貌整齊。今早刷完牙，他照見鏡子裡的自己，微笑、皺眉、憋嘴、發怒，都不算是看起來會讓人討厭的男生，相反的，他覺得自

己臉上不管是什麼表情，都是討人喜愛的。

然後他再仔細看著自己微笑的樣子，原來他一開始會喜歡微笑小姐微笑的樣子，是因爲她笑起來跟自己有點像，都有一個梨渦在臉頰上。但是微笑小姐空無一物的內裡、裝模做樣的專業，還有對男同事若有似無的騷擾，讓他一想到就全身起雞皮疙瘩。

他離開鏡子，抓起公事包，今天要先去公司整理訂單，下午再去跟客戶喝咖啡談新產品的訂製。

#348個早晨

凌晨三點，他的同事打電話來，「歐洲線的工廠大火，怎麼辦？」能怎麼辦？延後交貨，或是訂單被取消？或者再找其他替代的工廠？實在太睏了，先繼續睡覺再說。

然後他聞到他的開放式廚房一陣很濃的油煙味，剛開始半夢半醒中，以爲起火了，因爲跟凌晨的歐洲線工廠大火的訊息聯想在一起，然後再清醒些，他在心裡嘀咕：「八成是老媽來了，又要做什麼油膩的菜？」

然後他起床，也不急著跟媽媽打招呼，刷牙、洗臉、穿衣，抓起公事包，打開房間門：「媽，早安，我要出門了，公司有急事！」

「你不吃早餐嗎？蛋都已經煎好了，我正在炸雞翅，等下幫你冰起來，晚上吃。然後再來滷牛肉。」老媽看他不吃早餐，表情有點失望。

「我晚上會回來吃飯，你晚上要來一起吃嗎？」他態度折衷的回覆老媽的失望。

「好啊，我下午要跟左阿姨喝茶，喝完茶再過來。」他媽媽開心的笑了。

母親跟他住得不遠，但是懂得尊重他的隱私，一個月頂多來打擾他幾天，這算是母子之間的默契，媽媽來，總是希望孩子吃得好，就會帶一堆菜來這裡煮，煮完冰在冰箱，至少可以讓他吃一兩週媽媽的菜。

聞到那油膩膩的炸雞味，卻飢腸轆轆的出門，他沒來由的有點小小的幸福感自心裡滋生。凌晨三點的工廠大火，其實對他來說影響不大，他口袋裡總有幾家可以備援的工廠，訂單剛下給工廠，交貨日期還早，他很安全。其他業務他就不知道了。

有時候，他覺得自己總有一點別人沒有的幸運，但是那算幸運嗎？口袋裡準備幾家備援工廠，是跟老爸聊天的時候，老爸教他的。他父親也是超級業務，不過是文具批發業務，跟他的工作類型還是差異很大。但多跟這些長輩聊天，總有意想不到的收穫。

經過超商，買杯不難喝的咖啡，他急著進辦公室，因爲今天早上要裝個樣子，早點

進公司跟其他人討論工廠大火的處理事宜。說是討論，不如說是聽每個人建議的解方，他不會多說他的解決辦法，總要藏幾手在自己的口袋裡，反正聽別人的意見，跟著點頭就對了，最後他還是得靠自己完成客戶的訂單。

#347個早晨

懶懶的起床，這是他的工作假日，心裡狂喜。同事們都在處理歐洲線產品合作工廠大火後的麻煩事，他昨天下午就專程開車南下，跟另一家備援工廠談好訂單了，雖然價錢貴了一點點，但公司還是有利潤，他沒有通知部門主管，因爲現在他們部門一團亂，他明後天再寫個報告給總經理就好了。所以今天雖然是他的上班日，但既然事情都處理好了，時間就是他自己的了。

他今天打算在家好好賴著。打開那台專爲線上遊戲準備的電腦，連上線，跟歐美那些十四、十五歲的青少年一邊罵髒話、一邊對戰，他覺得如果天堂可以依照自己的意願打造，他的天堂應該就是長這樣，整天線上遊戲，然後冰箱放著滿滿的食物，太令人滿足了。

#346個早晨

洗臉刷牙，特別用漱口水漱個口腔清爽，鬍子也特別刮得很乾淨，臉上拍了化妝水，身上灑了青草香味的古龍水，挑了一件淡粉紅色的襯衫，這麼精細的裝扮自己，只因爲今天早上要在早晨危機處理業務會報之前，跟主管報告自己昨天先斬後奏跟備援廠商談好價錢高一點的補貨訂單。

他覺得自己跟古裝宮鬥劇裡的娘娘們一樣，爲達目的只好用一些奇怪的手段，工於心計，照著鏡子裡的自己，都覺得荒謬起來。感謝父母把他生得好，才能在這些思想不營養的時刻，派上用場。

只能說一個人的外貌是否長得好，影響他人對於自己的信任度與好感度。

他今天別有居心的穿著策略，果然讓別人對於他的好感度提升、防衛心降低。關於歐洲交貨，先斬後奏換工廠下訂單、價格修改的問題，果然很順利的在緊急會議上過關。一切如他所願。

#345個早晨

睜開眼睛，今天不知要找些什麼事情來做，因爲他這一整個月都不用再忙碌，他的

業績已經達成300%，接下來三個月都只要吃飽睡、睡飽吃就可以，不過期間如果不好好經營服務客戶，三個月後就可能坐吃山空了。

所以他今天晚了一個小時起床，然後沒有刷牙洗臉吃早餐，就坐在餐桌上開始打電話，約了不同的日期、不同時間，陪客戶打高爾夫球、騎單車、打羽毛球、唱歌、晨泳……。打完一輪電話後，他覺得自己眞是無所不能，對自己十分滿意後，他打開冰箱，把老媽前幾天來家裡做的食物拿出來，連沙拉要用到的蔬菜水果都先切好了，他只要把食材鋪在盤子上，擠上沙拉醬就可以吃了。

他不知道別人的日子都是怎麼過的，但這就是他的生活，而他覺得自己有時候有點可悲，因爲他只知道一種生活方式，就是他現在過的這一種。

#344個早晨

早晨業務會報後，他開著車子，車上裝著他的高爾夫球具，他今天要陪一對夫妻客戶打球，妻子很尖酸難搞，先生卻極度平易近人，但常常殺價的是先生、挑剔的也是先生、要回扣佣金的還是先生。

難處理的客戶需要經營嗎？錢那麼難賺！但有時候他想想，反正對他來說，沒有什麼刁難，因爲處理這些麻煩事情的都不是他，他對客戶的任何需求都會答應，因爲後端負責產品交貨的才會覺得麻煩，他只需要稍微配合後端就可以，他的心理狀態就是，沒有難處理的客戶，只有交不出貨的工廠才是問題！

所以工廠端，他會服務得更好！就深怕這些工廠出錯、偷懶、報復性偷工。

#343個早晨

忙亂的一週終於到了週末，不過他經常沒有可以自己獨處的週末，所以反而工作日的早晨是他最輕鬆愉快的。週六、週日，有時候陪客戶出遊，雖然這些找他出遊的客戶自認爲已經把他當作朋友了，但他從心裡面都認定，客戶就是他的提款機，怎麼樣也不可能變成朋友。

偶而，老爸老媽一起擠進房子吵他，或是某個自認爲已經是他女友的人會一直狂打他的電話要他回覆，他想出門的時候會回電，至少有個伴可以共遊，但如果他想待在家裡，怎麼樣也不會接這些女性朋友的電話，應付這些女生，不如打開電視，看電影、追劇配啤酒加垃圾食物來得更愉快。

但今天出奇地安靜，有些意料之外，他拿起電話，撥了電話給幾個曾經共事的男同

事，叫他們一起來家裡看世界足球大賽。然後他對著鏡子無奈的傻笑，果然，自己還是不甘寂寞的。

#342個早晨

他躺在床上思考很久，今天要不要去那家新創公司看看？昨天跟以前的同事在家裡看球賽，同事跟他說最近有一家新創公司成立不久，公司福利很好，是一家國外的上市公司在這裡新掛牌的公司，正在招募員工。

他問了前同事：「福利好，究竟是怎樣的好？」聽完前同事說明，眞的是比現在這家公司好太多了，有點動心。但他現在這家公司的工作環境與職權分工的管理方式，對他而言如魚得水，要動換工作的念頭嗎？其實他現在不就在動腦筋胡思亂想了？

那家公司讓他心動的是配股與年假日數，還有可調派其他國家分公司的機會，讓他覺得自己未來的日子，似乎可以在更多的可能與趣味中發展。

#341個早晨

清晨四點就起床了，因爲昨天又跟一群大男人朋友在家喝啤酒、看球賽弄到太晚，沒有把當週業績報告交出去，這樣今早進公司會被修理的很慘。一個小時內做完報告，還有時間可以好好給自己準備一份豐盛早餐，但是手機突然傳來一則截圖訊息，是他女朋友們中的茱莉傳來的，他都暱稱她大茱，因爲大茱總是對外宣稱他在猛烈追求她。事實上他心裡的眞正觀念是：「我怎麼可能去追求女生呢？都是女生繞著我轉、追著我跑。」

大茱的截圖上有她跟N小姐的對話，N小姐在他心裡，算是他眞正的女朋友，整個業界都被大茱的謠言給弄髒了，因此他也從來都不方便承認N小姐，承認了N，等於承認他是腳踏兩條船。

但他一直覺得男未婚、女未嫁，他喜歡追求哪個女生或幾個女生，都是他的自由。他也從來不干涉這些女生們又跟哪個男生曖昧不清。

大茱質問他，「爲何N小姐說前幾天你才剛跟她約會了？到底誰才是你的女朋友？」他沒回大茱，然後傳訊息去教訓了N一頓。

「我最討厭別人私底下拿我當話題討論，你就不能安靜，不要跟別人提起我！」

「爲了懲罰你，封鎖訊息一個月。」然後他發現他美好的早餐荷包蛋煎焦了。

#340個早晨

一早從大茱的床上醒來，他聽到浴室淋浴間唏哩花啦的水聲，想必她正在浴室梳洗，他不喜歡她房間裡那股濃郁花香系列的香水味道，穿好衣服逃離房間，坐到客廳去，等她梳洗好出來做早餐給他吃。

昨天晚上爲了安撫大茱情緒，只好答應她留下來過夜，主要是怕她到處亂傳播他與N的三角關係。

如果說他有缺點，那就是他太喜歡工作賺錢，其他與工作賺錢不相關的事，都只是他生活中的背景。他也不太在乎背景是什麼顏色，長什麼樣子，只要對工作有利、對賺錢有益，他就會站在那背景前面。

客戶如果認爲他是哥兒們，他就是哥兒們，客戶認爲他是閨蜜，他就是閨蜜，有些客戶愛上他，如果是資質優良，那他就會讓她們愛上他，但他知道自己的雙重標準，他沒辦法喜歡的，就義正辭嚴拿出公私分明、職業倫理那一套。

但他心裡想：「大家其實不是都這樣嗎？只是自己願不願意承認而已，這些不過是人性！」

與大茱的關係，對他來說就是如此，那是一塊需要用關係來捕獲業績的背景，不是浪漫的粉紅色，而是深到發黑的暗紅，一個女人急於想抓住婚姻、財富的慾望。他雖然不是出身豪門，但父母開了間文具公司，專門做盤商，算是小有資產的家庭，因此他的業績會好，可以說是從小耳濡目染而來的。這也完全違背了「他是個有潔癖的人」這樣的概念。

大茱是客戶公司的採購部門主管，更是他東南亞產品線的重要業績來源，現階段，他完全沒有機會可以擺脫她。

一邊吃大茱準備的早餐，一邊突然想起了微笑小姐，一陣反胃乾嘔，他把炒蛋塞進自己的嘴裡，免得胃液眞的從胃裡翻上來。

#339個早晨

因爲他的業績一直非常穩定，副總把他認定爲可以培養的人才，最近除了幫他加薪升職，更幫他安排了一位助理，幫他處理公務上的行政瑣事、替他接電話、安排行程。他對升官加薪很高興，但對安排一個女性助理感到麻煩，不過鮮少有男性願意做位置尷尬的助理工作。

他覺得女人都是麻煩的動物，單身女性尤其更麻煩，因爲她們隨時都想找雄性築

窩，然後因爲爭奪雄性惹出一大堆是非。

這跟人類以外大部分的動物剛好相反，雄性動物莫不爲了生育、生存而爭奪地盤、爭奪雌性動物交配，但人很奇怪，是很多女人圍捕一位男人，甚至願意讓男人享受腳踏兩條船的事情，常常想起來都覺得毛骨悚然。

還好公司替他徵聘助理的最後結果，令他非常滿意。

他到了公司，進到他的新辦公室，桌上已經插了一盆小花束，桌面一塵不染，上面放了一張他跟幾個客戶一起打高爾夫球的合照。

然後辦公桌上電話響起：「嗨，我是Avery，您的新助理，我剛到茶水間幫你煮咖啡，現在可以把咖啡端進去嗎？」聲音根本就是個小女娃假裝成男聲。

他邊接電話，邊看著坐在門口辦公桌那位頭髮極短、穿著灰色西裝背影的助理。Avery起身、端著咖啡轉進辦公室，長得非常美，或者說非常帥。

Avery把咖啡放在桌上，「處長，以後還請多多指教！」

然後他伸出手跟助理握手，「以後叫我Peter就好！」

「是小飛俠的那個Peter嗎？」Avery開玩笑的說。

「是啊，是小飛俠Peter，慷慨、自由、喜歡助人的Peter。」

但他心裡想的其實是，熱情有魅力的Peter。

#338個早晨

他伸個懶腰，感覺自己像新生的寶寶，全身充滿喜悅。會有這種感覺，大概是因爲昨天剛升官、剛搬進屬於自己的辦公室、剛開始有助理，他覺得自己的人生又進階了，心中充滿無與倫比的滿足感。

今天早餐要吃什麼？他打開冰箱，裡面滿滿的食物，看來昨天老媽又來幫他弄食物了。食物太多反而不知道要吃什麼？就像他如果給客戶太多方案，客戶反而不知道要怎麼下決定。

最後他拿了半顆蘋果、一顆蛋、一塊老媽煮熟的雞胸肉、牛奶。蘋果切小塊、蛋打混加上鹽跟胡椒裝進小烤盤，雞胸肉跟蘋果混在一起用油醋拌一下，撒上巴西利、迷迭香乾香料。然後把香草蘋果雞胸肉、蛋一起放進烤箱加熱八分鐘，再把杯子倒滿一半牛奶，然後把手沖咖啡加進去變成咖啡牛奶，他很滿意今天的早餐。

在餐桌上愉快地吃著早餐，早上九點半，手機傳來助理Avery的訊息，助理已經幫他排好了今日行程，他打開看了一下，跟他自己排定的行程不一樣，不過無妨，可以兩邊

的行事曆綜合一下，但他不打算再特別告訴助理他修改後的行程表，他怕麻煩，也不喜歡總有個人在背後盯著他的行程。

吃完早餐，他打電話給Avery，交代她把明日拜訪客戶要用的資料數據先準備好。先把資料收集好、數據準備好，這是他認爲助理最能幫他減輕工作壓力的功用。

#337個早晨

他升官的消息還沒有告訴N，雖然他有對N說要封鎖他一個月，但是心裡還是會想要急著告訴N這個好消息，所以他傳訊息給她：「看你最近很安靜的份上，提前解封，明天晚上去你那裡吃飯。」

昨天晚上傳給N這個訊息，但她到今天早上都沒有回覆，心裡擔心她胡思亂想，不知道會做哪些傻事？

他傳訊息給N的閨蜜，想套些情報：「最近忙什麼？你跟N小姐上週去金光玩耍，怎麼沒有邀請我一起？」

金光是一家酒吧，他跟客戶去那裡喝酒聊天時，曾經遇見N跟她閨蜜也在那裡嘰嘰喳喳聊是非。

「什麼？沒有啊，N最近忙著上瑜伽課，怎麼約她都不肯出來玩！」她閨蜜傳了一個驚訝的表情。

「喔，那是我看錯了，燈光太暗，以爲是你們。」他回。

「你們又怎麼了嗎？你怎不直接問她呢？」套話的人反被套。

「問她，她還沒回，她最近很忙，我也很忙。」他說謊。

「是嗎？你讓她傷心了吧！她說大茱打電話教訓她，請她不要傳沒有的事，到底你跟大茱是什麼關係？」被N的閨蜜嚴重質疑。

「就是客戶啊，你們那群女子社團眞是可怕，謠言滿天飛。」他抱怨。

她們的共同女子社團有點像是小型女性機構，一群女生常常舉辦讀書會、下午茶會、各種手工藝課程，是同業的友好女子聯誼會。

「無風不起浪，你眞的要好好對她，哪裡去找那麼知性又溫柔的女生？」閨蜜替N說話。

「我得去上班了，你今天晚上有空嗎？找N一起吃晚餐，飯後去金光，可嗎？」

「可。」閨蜜是個多事但溫暖的人，平常口風很緊，不會搬弄是非。可惜不是他喜愛的那一款。

然後他訂好了晚上吃飯的餐廳，也通知金光的店長幫他留個小包廂。

然後他傳訊息給助理，叫她先把昨天要她收集的數據檔案準備好，等下他就進公司跟她討論要怎麼運用在給客戶的簡報裡。

#336個早晨

窗臺的陽光淺淺的踏進來，閃閃發亮的金黃色灑在黃色窗簾上，他看著窗外阿勃勒開滿了一大串一大串的黃色花朵，清早起床的這一片黃色，讓他想要立刻跳起來迎接世界。他感覺奇餓無比，覺得自己現在可以一次吃掉八個太陽煎蛋。他知道每當自己覺得像出生的寶寶獲得新生時，清晨醒來的感覺就正是如此。

在N的房間醒來，總有這些愉快的感覺，充滿花香與青草香的空氣從敞開的窗戶飄進來，黃色的花、金黃色陽光，N的房間就是他最愛的場景。

潛意識裡，他害怕安逸，偶一爲之的輕鬆愉快在可以容許的範圍內，其他時間，他只想要站上那個心中形象很不明確，但是絕對是在一座只有他可以獨享的頂峰上面，那才是他最想要得到的東西。他不太愛讀書，自認爲自己是個知識水準不高的俗人，但他也有最喜歡的名言，並且拿來時刻提醒自己，那就是牛頓說：「如果我看得更遠，那是因爲我站在巨人的肩膀上。」

#335個早晨

他的定時鬧鐘響了，正在播放THE DOORS樂團主唱的獨唱版本〈End the night〉，夢境被中斷，是該結束夜晚了。他起床，意興闌珊，有時候他會懷疑自己是不是有輕度憂鬱症，總是只要有一點生活裡的雜訊，就會影響他起床去工作的意願。

現在是清晨五點，今天要趕去高爾夫球場，上週就跟客戶約好了，但是大茱昨晚大吵大鬧一陣後，他的心情極差。

尼采說：「女人在恨的時候，男人都會畏懼。」

他想起對他自己有利的哲學名句，尼采大概認爲男人的內心比女人良善光輝多了，但也有可能，他根本誤會了尼采要表達的意思，不過反正他對自己的認知就是不會讀書，這句話解讀的正不正確，根本也沒所謂。

然後他傳訊息告訴助理Avery，他今天打完球也不會進公司，如果客戶大茱打電話給他，就回：「他去日本出差15天」。如果大茱有事情要處裡，就請Avery幫忙。

Avery遲疑了一下，然後很理解似的答應：「我會好好應對的，請放心打球，別太在

意她，如果有難題，我會告訴您。」

Avery馬上傳、馬上回，「這麼早就起床，不賴！」他想。

然後心情不知怎的突然轉換，他愉快地哼著歌打開冰箱，把牛肉火腿拿出來，然後把饅頭切成薄片，通通丟進平底鍋一起煎，酪梨半顆吞進去，又吃了2顆水煮蛋。

潛意識裡他認爲Avery可以應付大笨，他有種終於解脫了的感覺，但僅止於感覺，因爲現實中，他最後還是得面對這個麻煩的女人。

然後又擔心Avery才來上班沒幾天，他就把這種業務上有點旁門左道的事交給她處理，會影響助理的忠誠度嗎？如果她是位道德意識很強的人，那就是給她莫名的工作壓力了。但也沒辦法，誰叫Avery來應徵做他的助理呢？就算是賊船，也已經上船了吧？

#334個早晨

早上N傳訊息來，是一張N房間窗台上的小盆栽開花了，圖片上面壓著「早安」兩個字，頓時覺得有一股熱奶油流進腸胃的溫暖舒服，然後他在他的大雙人床上伸展四肢，愉快的起床了。

但是N的訊息他卻選擇已讀不回，他今天的重頭戲是跟Avery一起把要給客戶的訂單準備好，昨天的高爾夫球沒有白打。

N的訊息相比之下變得完全不重要了，他知道自己在壓抑對於N的感情，儘管他知道跟N在一起消耗生命中的時間時，是他最放鬆、最不用戴上面具的時刻，但那與他想要的未來不太一樣，他不知道能不能將兩者結合，他也不知道這種感覺是不是就叫愛，在這些他無法掌握與控制的感情裡，他的定義都是「虛度光陰」。

#333個早晨

昨天大茱一直打電話打擾他，他直接將大茱的電話封鎖，連社群訊息帳號也一併封鎖，免得麻煩，二個星期以後再打開就好了。他現在只怕女人失去理智，會跑到公司來擋人，但他判斷大茱不會這麼做，因爲她至少是個大公司的業務代表，而他的公司也是東南亞產品重要的供貨商，私事影響工作上的事，最後大家都會回家吃自己，沒必要。

早上起床好整以暇的吃完早餐，他傳個訊息給N，「我要出差二週」，沒有多打其他的字，他就直接又把N的社群訊息帳號封鎖了。要消失不見二週，就得徹底一點。

哼著歌開車去公司，爲什麼心情這麼輕鬆愉快？感覺頭上的緊箍咒消失不見，不用應付女人的情緒，簡直就是放風放到宇宙等級了。

「勢如破竹」他這樣形容自己的早晨會報，Avery幫他準備的數據很有用，他們合作完成的簡報，今天早上很順利地與總經理會報後，下午就可以開始去拜訪幾個相關的客戶了。

他沒有追問Avery應付大茱的事情是否順利，他完全不想干涉也不想管，這兩週他能躲多遠，就躲多遠。

#332個早晨

今天也是一大早起床，南部一家廠商的辦公室搬家，邀請他去參加喬遷之喜，吉時敬天謝神的拜拜時間挑得眞早，九點就開始，他一大早就必須開車出門。本來打算前一天先抵達當地，去住附近商務旅館，但這裡就有他實實在在的潔癖，非不得已他不會外宿，自己的家總是比較舒服乾淨。

九點典禮完，中午廠商招待午餐，他們公司業務部門的人把他圍成一圈，壓迫感很重，他謙虛地笑著說：「下個月已經有客戶下訂單了，我還沒有把資料整理好，應該再過兩週就可以確認訂單數量，我再請助理把資料給你們。」回答得好像他們才是客戶，自己反而變成廠商，但他就是覺得工廠有時候比客戶需要更仔細維護，免得商品產量與產能會出問題。

這樣應對的方式，可以讓席間逼酒的事情減少，這是他稍微了解人心的地方。不喝酒，這樣他今天就可以開車回家，不用被酒精耽誤在這裡住一個晚上。這樣的場合，經常出現在他的生活中，常常覺得自己生活得如履薄冰，總是要對客戶或廠商諜對諜，不自覺地緊繃，也許有一天會拖垮他的神經與身體健康。但他會馬上甩開這種想法，嘲笑自己幹嘛詛咒自己呢，然後鼓勵自己千萬別忘記了牛頓名言：「如果我看得更遠，那是因爲我站在巨人的肩膀上。」

#331個早晨

昨天長途開車很累，回家就放空坐在腳踏車上運動，然後喝啤酒看球賽，完全沒有去動手機。早上起床看見昨天晚上助理傳給他的訊息，他笑了。

「晚上大茱請我去喝酒，需要去嗎？」

「你沒有即時回覆，我還是去一下好了。」

「處長，她喝醉了，你要來送她回去嗎？」

「太晚了，我送她回去好了。」

然後最後一則訊息是今天早上六點多就傳過來的，

「處長，大茱不好應付，早上請早一點進辦公室，有事想要跟您討論。」

他無奈起身，回了訊息，「早上一起在公司附近那家24小時美式餐廳吃早餐。」

#330個早晨

大茱不斷找Avery麻煩，但是還沒有滿兩週，因爲他已經告訴大茱出國兩週，除了廠商，東南亞線的客戶都以爲他出國了。他現在只怕歐洲線的業務會跟東南亞線的大茱有交集，他沒有出國的事情會東窗事發，擔心一但如此，東南亞線的大客戶跑了，會有財物損失。要預防這一點，他必須先做一些佈局保住他的東南亞大客戶，否則就得例外多找幾家小客戶來補足失去這家大客戶的損失。

今天他還是一樣神隱，總經理並沒有干涉他的私事，甚至也沒有追問Avery，還很大方對Avery說：「你的老闆爲何要假裝出差兩週，何不乾脆就直接出差也可以，只要對業績有利，我都沒有意見。」

他覺得這也算是個好主意，Avery今天會幫他買機票，他只打算出國一週，去日本拜訪客戶，順便去東京晃蕩。

#329個早晨

在東京華盛頓酒店吃完早餐，他跑到六本木美術館去逛逛，他的出差預算還沒辦法去住希爾頓那些五星級飯店。跟日本客戶見面是明天的事，但今晚日本客戶就已經要招待他晚餐。想來日本客人跟他的想法一樣，供貨商一定要好好服務，免得出貨有問題。

#328個早晨

他昨晚喝得醉醺醺回飯店，早上起床頭痛欲裂，按掉鬧鐘才拿起手機，就看到Avery傳來的訊息跳出螢幕，「東南亞的訂單出問題了。」

「哎！大茱這女人，眞是貪、嗔、癡。」然後他馬上噗哧一笑，覺得自己怎會突然冒出這些佛教大師的名詞。

他叫Avery不要慌，他先想想怎麼處理，晚點跟她通電話。但其實他心裡非常高興，因爲他擺脫大茱的機會來了。

#327個早晨

他知道大茱一直改訂單條件是想要逼他出來面對她，因爲他之前沒有助理，都是他

直接面對大茱，當然，他也應該直接面對客戶的代理商業務，但他就是不出現，他在躲她。

訂單拖到最後，已經要趕不上客戶交貨的日期了。他詳細問過Avery跟大茱溝通的狀況，Avery已經照她的意思改過好幾次訂單規格跟價格，其中一次Avery甚至打聽到東南亞線的客戶公司已經在催促大茱交貨時程，而且大茱的主管看過那張訂單內容，而且都已經核准了，但是大茱自己私底下又要Avery改內容。

Avery聰明的地方，就是會在對方公司佈線人，除了窗口的意見，她會清楚知道對方公司正在發生什麼事影響訂單決策。這個助理實在是太好用，也太感謝公司人資部門替他找到一個這麼優秀的助理。

一早，他在日本飯店裡用完早餐，又看了半本雜誌後，就慢條斯理的故意跑到六本木旁的中城，他坐在中城商場的其中一層梯廳裡，坐在那張也許是日本建築大師隈研吾設計的長條椅凳上，打電話給大茱的上司：「李總，好久沒聯絡，謝謝您接我電話。」

「幹嘛這麼客氣，有什麼事嗎？聽說你現在日本？」

商城的廣播聲音響起，日文廣播是最好的舞台背景。

「對啊，日本的事情還要過兩天才能處理完。李總，我們東南亞的客戶好像跳過大茱直接跟我們聯絡上了，他們反應這次交貨時間被一直改動的訂單內容拖到了，想要我們直接照他們的意思上生產線。但是這樣對我們公司來說風險太大了，也不符合我們跟李總這邊長久合作的利益，李總，您怎麼看這件事？」

李總大爲吃驚，「訂單我不是已經簽核了嗎？後面還有變數嗎？」

他也發出大爲吃驚的聲音：「是嗎？已經簽准了？但我的助理回報你們的業務代表還在改內容，我們還無法對工廠下訂單。」

「怎麼會這樣？我來查清楚，你的電話通話都方便嗎？等下我親自回電話給你。」

他聽出李總憤怒的腔調。

「還要麻煩李總親自出馬，眞是不好意思啊，那我等您電話，謝謝李總。」

他覺得腎上腺素急升，肚子又餓了。

#326個早晨

大茱一整晚瘋狂撥電話給他，他完全不接，最後他把手機關機。

早上打開手機，一大堆簡訊，大茱用公司業務手機傳來十幾條訊息之外，還有N打來的未接電話，其他都是剛才一大早Avery傳來跟東南亞訂單有關的消息。

他打開Avery的訊息，Avery回報東南亞訂單工廠生產上線了，但交貨日期可能會比原先客戶要求的時程遲到一個月，但這部分的責任不由我們負擔。

他自言自語，「廢話，當然是他們負擔，錯在他們。」

Avery的第二條訊息，「聽說大茱公司要把她換下來，但後續人選還沒有最後確定，確定前我朋友會先通知我們。」

他看到這，整個人從床上跳下來，真是今日最好的頭條新聞。

然後他打開N的email，「大茱小姐昨晚又發瘋了，打電話來罵我，說我不該介入你們的感情，我實在不想再承受這些，我們還是分手吧！祝福你們！」

N用email傳給他的訊息令他不知所措，他把N互通的訊息程式都封鎖了，N只能用email傳分手訊息給他，想來N也生氣到她忍受不了的底線。

他回N：「我最討厭別人私底下在背後討論我，我跟你從來也不算在一起，你要分手就分手吧！」然後他把N的email也封鎖了。

他覺得心裡有一點哀傷，甚至有點隱隱作痛，但是他不想讓女人的感情影響他，把N封鎖不再互傳訊息，是他現在最好的自處方式。

大茱用公司事務機傳來的訊息他完全沒看，就把它們全刪了，他感覺搬開了一塊超級大石頭，頓時看出去的風景都海闊天空了。

#325個早晨

太早起床很無聊，但是不想去飯店餐廳用早餐，他打開手機看朋友的貼文，朋友貼了一位仁波切的開示文章：

毒藥就是良藥

金剛乘是這個星球上所發生過最好的事情。它不僅訓練我們在「輪回之盒」以外思考，它還向我們示現了如何同時在盒子的裏和外。雖然如動蕩洶湧的海洋般充斥在我們心中的嫉妒、憤怒、驕傲、懷疑、貪婪和妄想，能令我們感到極度可畏，但金剛乘告訴我們：完全不必如此。

所有毒藥的解藥不在我們之外，就在我們之內。我們早已擁有精準的劑量，任何一滴都沒有缺失，沒有任何需要去改進、升級、定制或適應。我們與生俱來的智慧就是我們要尋求的解藥。它完好無損，並且能夠被即刻取用——正如它一直以來的那樣～宗薩欽哲仁波切（1）

他看完，還是提醒自己「牛頓說：『如果我看得更遠，那是因爲我站在巨人的肩膀上。』」這就是他的解藥與劑量。

#324個早晨

這幾天在日本與客戶培養感情，他對自己的工作很滿意，下一季合作方式也大概討論得差不多。早上日本客戶打來問他今日想去哪裡逛逛走走，他想想已經好幾個晚上讓日本客戶招待，不太想再麻煩客戶，就回覆他們：「在日本有私人行程，要去拜訪好久不見的朋友，謝謝貴公司這幾天的招待。我一定會繼續爲貴公司提供更好的服務。」

然後他在上野公園閒晃、逛了公園裡的美術館、法隆寺博物館，一直逛到小腿酸痛、大腿僵硬。但是他覺得心情輕鬆無比，就像坐在一朵雲上面，非常舒服，已經很久沒有這種單純的愉悅。

他仰頭看看東京的天空、上野公園大樹的樹梢，感覺到被祝福。至於這被祝福的感受是哪裡來的？他自己也不清楚。

然後就突然想去淺草寺看看那兩棵百年銀杏樹，據說是夫妻樹，雖然此刻他沒有想要跟哪個女生天長地久，但那對銀杏樹，彷彿是生根在他心裡面很深的一塊土地裡，每次到東京，他都會去看看它們。

#323個早晨

回到家了，他今天還是不需要進公司，也不想進公司，脫下出差常穿的襯衫、西裝，倒頭就睡。他打算睡一整天。

#322個早晨

昨天睡得很飽、很飽。他很早就起床，清晨五點，窗外樹上的小鳥吱吱喳喳，讓他心情也跟著快樂起來。吃完一大盤漢堡肉早餐，他把一陣子沒有騎的自行車充氣、上油、保養，然後穿上在日本新買的車衣，開門迎向陽光，去做他最愛的戶外運動，騎單車騎到過癮。

#321個早晨

快二週沒進辦公室，鬧哄哄、吵吵鬧鬧的辦公室，充滿早餐、三合一咖啡的味道，

他很喜歡這樣的氛圍，充滿朝氣，彷彿所有的一切充滿希望，不會有失敗降臨。

#320個早晨

自從大茱的事情告一段落後，他跟Avery都覺得工作幸福感至少上升80%以上，爲了感謝Avery這次處理大茱公司的訂單處理得很順利，同時他們也擺脫了一個麻煩難搞的業務代表。他特別幫Avery帶了一份他淸晨自製的早餐「巨無霸三明治」，四片厚片吐司雙層，夾著牛肉片、培根、生菜、起司，還有一包掛耳咖啡，他在Avery辦公桌旁桌邊表演，幫她濾咖啡。Avery高興的表情很浮誇，她今天的短髮造型，有點像個中學小男生。

他取笑她：「今天下班要跟高中生約會嗎？」

Avery緊張的回他：「處長，不能亂開玩笑，跟未成年約會，這很嚴重！」

他大笑，然後放著Avery自己用早餐，進他的小辦公室去。

檢視一下這週工作，沒有很緊張的急事要處理，他忍不住把N的社群訊息帳號封鎖打開，然後傳訊息給N：「今天天氣不錯，晚上要不要去看星星？」

等了一上午，N沒有讀，也沒有回覆。他被N封鎖了！

#319個早晨

天氣慢慢轉涼了，早上起床空氣的溫度好舒適，他在床上用力伸展四肢，然後起床刷牙、洗臉、沖澡，正在穿衣間選襯衫，大門開門的聲音響起，不是老爸就是老媽，這兩個人好像認爲他完全不需要隱私似的，無奈先套上T恤，走出房間看看是哪位？

「媽，冰箱還有食物，滿滿的，你又帶菜來了嗎？」老媽無聲了很久才開口。

「爸爸昨天晚上又去小姨那裡，沒有回來。」他媽媽口中的小姨，就是老爸的外遇。時間久了，大家不得不認可這位女士，他們都很有默契的叫她小姨。

老媽的表情很落寞，他過去拍拍她：「要喝咖啡嗎？還是牛奶？」

「咖啡加牛奶。」

他在心裡笑了，至少還會挑剔飲料，看來沒什麼問題，他今天可以照常去上班，不用擔心老媽。

他拿著母親專用的杯子，接住咖啡機濾出的咖啡，一邊想：「我們家還眞是一脈相傳啊！」

他默默的打算，N既然把他封鎖了，又說狠話要分手，那他該開始看看其他女生了嗎？

#318個早晨

他坐在辦公室發呆。對著社群訊息平台裡N的對話框，發送一大堆影片、有趣的文章分享，但N沒讀也沒回，肯定是被封鎖了。其他的社群訊息APP則是顯示「你們並非好友」、「對方拒絕接收訊息」。他重複一次又一次，然後得到一樣的結果。最後他開始偷瞄Avery在幹什麼？

Avery正在公司內部網站上填寫訂單資料，回覆工廠Email，他的信箱也有Avery副本給工廠的信件進來。當然，還有一個訊息對話框，每隔五分鐘就上去打上幾排字，他從他的座位看出去，正好對著Avery的電腦螢幕，他看著很好奇。

他起身走到她身邊，藉故要跟Avery借支油性筆，彎下腰偷瞄了一眼Avery電腦的對話框，原來是在跟女生聊天。然後他回到座位，開始作弄她。

「Avery我想要喝杯熱咖啡！」

「好的。」Avery起身去茶水間幫他張羅咖啡。

他走到Avery的電腦前，看看對話框裡，她跟女生到底在聊什麼？

「晚上我們就在上次那家泰國餐廳晚餐，叫什麼名字忘記了？」

女生回：「泰麻辣啦，那麼容易忘記，是我們一起吃過的餐廳耶！」後面還加個蹙眉的表情符號。

「喔喔，對，好。然後吃完要去看場電影，還是到我家玩拼圖？」

「最近沒什麼電影好看，去玩拼圖好了。」女生回。

他看到女生回覆，簡直笑到內傷，這些女生都還滿主動的，直接回應男生的暗示。

看完他快步走回自己的小辦公室，剛坐下來，Avery就端咖啡進來了。

「處長，你今天早上喝三杯咖啡了，咖啡喝太多對身體不好。」

「喔，說得也是，但今天就口腔期缺乏，最近又在戒菸。」他給她一個衛生笑臉。

咖啡喝得差不多，他開始出招了，「Avery今天下午跟我去最近新簽好訂單的工廠，我要再仔細看看他們的產線，免得到時候良率出問題。」

「那來回要開四個小時的車，對嗎？」Avery表情很鎮定地回他，完全看不出來哪裡不高興。

「對啊，回來時間可能會有點晚，你沒問題吧？晚上有什麼重要的事情嗎？」他故意問Avery。

「沒有，沒什麼重要事情。」Avery回到座位上。他看見她已經在對話框上回覆女生，從背影看不見她的表情，突然很想在Avery座位旁邊裝個攝影機，這樣他就可以看見

她現在是什麼表情。

他在心裡反省這件事，難道他心理狀態是有病的嗎？那麼愛找人麻煩，把別人的痛苦建築在自己的快樂上？

#317個早晨

昨天帶著Avery去拜訪廠商，來回車程花了四個多小時，再加上在工廠那裡花了太多時間溝通確認了很多細節，回到家已經半夜了。開門進客廳才發現母親躺在沙發上睡覺。

「媽，醒醒，你這樣睡在沙發上，明天早上起床又會頭痛。」

他媽媽睡眼惺忪坐起來：「我睡在哪裡？喔！」大概突然醒來，忘記自己睡在哪裡，然後又突然想起是在他家，他想：「還好老媽大腦還沒有老化。」

「我不想回家。」很顯然在鬧情緒。

「好，可以，那你去房間睡床上，先喝杯牛奶。」他把已經倒好的牛奶遞過去。老媽喝完，就自動進房間睡覺，剩下他在沙發上睡不著。

他在客廳的衛浴洗澡，不是很喜歡，洗得不舒服，然後吃了一碗泡麵，躺在沙發上發呆。

今天早上從沙發上醒來，已經超過正常上班時間，他又不想進公司了，乾脆交代Avery等下把要簽核的東西拿到他家來。因爲今天有一批請款文件要送出去。

他進房間看看母親是不是還在睡覺？但人已經不見了，打電話給老媽：「你回家了？怎不叫我起床，我可以送你回家。」好像在伺候情人，人家說母親就是前世情人，大概就是這種情況吧！

「不用，我走路運動，你快去上班，不要耽誤工作了。」他無奈，他母親竟然還一副體貼人似的回他不要耽誤工作？

#316個早晨

昨晚特別約了跟老爸今天一起早午餐，他覺得一定要跟老爸好好談談關於他的感情世界。不然對母親的生活影響太大了，兩人都一把年紀，情緒起伏太大，對身體健康的副作用難以估計。

「爸，你現在跟小姨的關係，到底是什麼狀況？」他爸爸哭笑不得。

「兒子來找我談這個問題，有點尷尬，不過，老實說，我這輩子眞正深愛的人只有

你媽，但我是個男人，生理需求有時候無法抗拒！兒子，你應該懂的！」

「但生理需求經營的時間太長久，難道不會產生感情？難道沒有責任義務的關係嗎？」他其實不太清楚，老爸跟小姨兩人到底有沒有眞感情，會不會想生小孩？他之前完全沒時間、也沒心思管這些事情。

「前幾年她還有提，後來我都沒回應，她也就沒提了。她有自己的家庭啊，有個女兒住一起。偶而需要我會給她一點零用錢，也不多，不會影響到你媽的權益。」

「雖然你這樣說，但我不清楚實際狀況，像你最近晚上沒回家，媽媽知道你在小姨家，傷心地在我那裡住了一個晚上，你知道嗎？」

「是嗎？我不知道，我昨天晚餐時間才回家，看不出她有什麼異狀啊？」

「這就是老媽有智慧的地方啊，但你老是讓她這樣忍耐，久了她一定會生病。」他責怪老爸。

「那你有什麼建議？」他看不出老爸這樣問他，是眞誠的，或者只不過是爲了應付他。

「跟小姨斷了關係，你有生理需求，要就多愛老媽一點，或者找職業的來！」他很誠懇的建議他父親。

「兒子，我就是不喜歡那種職業的，才跟小姨維持那麼久的關係啊，放心啦，我對她沒什麼感情，連她要我帶她出去玩或是去看場電影，我都從來沒答應，也從不合照。這樣你應該懂我了吧？兒子！」他父親拍拍他的肩膀，聽完這段話，他覺得很可以放心了。

「那好吧，但是下次不要再在小姨家過夜好嗎？晚上在別人家睡著了，發生什麼事情你也無法控制，最糟糕的是會影響老媽的情緒。」他慎重警告父親。

「好吧，老爸答應你。」

父子男人間的對話，算是得到共識，他很滿意的去公司上班了。今天下午還要回覆客戶訂單疑問跟細節，再來就要議價了。

#315個早晨

他又開始把所有跟N有關的社群訊息帳號都打開，傳一張早安圖過去，有些顯示「你們兩人還不是朋友」、「對方拒絕接收你的訊息」，要不就是已讀不回，已讀不回肯定就是被封鎖了。他一直重複傳送訊息的動作，好像一直重複這些動作，就會得到回應或是答案。

最後他把注意力轉移到助理Avery身上，他對著Avery的背影大聲說：「Avery你想不想吃泡芙？」Avery轉頭走進來笑得很開心：「你又想吃那家排隊泡芙？好啊，今天要買幾個？」

「加你的，一共六個？」他把問題丟回給Avery。

「五個好了，我最近在減肥。」所以Avery今天只吃兩個，那間泡芙店的泡芙屬於小型尺寸，他通常可以配大杯咖啡吃三個，反正他有在運動，不怕甜食。

他把錢交給Avery，微笑的看著他出去。

然後他拿起電話打給人資部門：「Avery出去了，現在過來吧，我叫她去買排隊泡芙，應該會要一段時間才有辦法回來。」

人資部門不到二分鐘就過來裝攝影機，裝在Avery座位左前方的天花版上，這樣以後他就可以看到Avery的表情，弄清楚她的心理狀態。

他對人資部門的說詞是：「上次那筆東南亞的訂單，他在日本出差沒有辦法控制助理對客戶的聯繫，結果中間出了很大的問題，無法監管控制助理，對他來說算是風險管理上的漏洞，東南亞訂單還好他即時出手挽救，否則會演變成什麼狀況，他無法控制。」人資部門接受了他的說法，反正那個位置裝攝影機，人資部門也可以監看到整個樓層的狀況，只是附加了一組近距離監看系統專屬於他，讓他專門監看自己的助理。

其實他自己又在面對Avery的電腦螢幕方向，架設了一個隱藏式變焦攝影機，這個隱藏攝影機就藏在他框住電腦螢幕的架子裡，這樣他可以近距離看到Avery的後腦、還有她的螢幕。

#314個早晨

現在他每天都有玩具可以玩，就是看監視器螢幕上Avery的表情。不過Avery表情眞少，要不就是嚴肅的看著螢幕打字，要不就是看著貓狗毛小孩的影片傻笑。他呼叫Avery做事時，她的表情馬上轉爲微笑，然後轉過身進來他辦公室，如果她正在跟女朋友訊息對話，那更是笑得比陽光還燦爛。

「怎麼會有這麼無憂無慮的人？」他有點嫉妒Avery了。

他想到他同事對他說過的話：「你的陰影在哪？這樣不會被陽光曬死嗎？」

現在他也想問Avery，「你的陰影在哪裡？」

#313個早晨

早起先喝了一杯咖啡，吃了一顆水煮蛋，出門跑步。

沿著住家旁的河堤一路慢跑，突然有個女生從對面跑過來，跟他打招呼，他遠遠看是大茱，心裡一驚，太可怕了！他轉頭，拼命快跑，簡直是在逃命，然後急奔回家，把門鎖緊，驚嚇指數應該到達百分之百。

「簡直是死裡逃生！」他對自己說，然後打開冰箱，倒了一大杯牛奶灌進嘴裡，「牛奶可以鎮定神經！」他再度安撫自己：「還好從來沒讓大茱知道自己家住哪裡！」否則大茱應該早就找到他家，每天來按門鈴找他麻煩了。

他覺得還是不夠安全，他立刻傳訊息給Avery，要她注意：「如果有任何人包括客戶，詢問他家的地址，千萬不可以給！任何理由，都不可以給，要寄送任何東西只能給辦公室地址。」

然後他去浴室沖澡沖了很久，又在沙發上坐了很久，才開始做早餐。

#312個早晨

他覺得N不會再回來了，他腦海中N的樣子快要消散，心裡有點酸酸的感覺，該怎麼形容？很像肌肉酸痛只痛到肌肉淺層，又很像喝酒快吐的時候，兩頰酸到抽筋的狀況。

晚上大學橋牌社辦社團聚會，社長說：「今天會邀請一些小模來聚會，大家一定要踴躍參加啊！」他決定去參加，他不想再因爲N，把手機當作許願機，一直發出得不到回應的訊息。

#311個早晨

他看見Avery早上一直在跟女朋友聊天，他從監視螢幕上很清楚的看見他們兩人的對話。

「你昨天晚上怎麼不接電話，到底去做了什麼，八成有問題？」

他的女友一連串不合文法的文句質問Avery。

「我昨天晚上陪老闆去應酬，當然不方便接電話啊！」

配合天花板上的監視器，畫面上是Avery一面說謊、一面微笑。

「這傢伙！說謊跟吃飯一樣，原來她的陰影在這裡！」

他有點吃驚，同性戀情也會發生彼此不忠的事情。

「不要生氣了，中午來找我，我們一起午餐好不好？愛你喔！」後面附上一個嘴巴嘟出去的笑臉表情。Avery的情商很高。

「好吧！」Avery的女友氣憤馬上消散。

女人就是很好安撫的動物吧！

然後他的興致來了，他今天沒什麼公事要做，清晨已經陪客戶打過高爾夫球才來上班，一日工作算完畢了，現在剛好找Avery來娛樂自己。

「Avery，我們來討論一下前兩天那張歐洲訂單。」

「好。」Avery面帶招牌微笑走進他的辦公室。

然後他們從早上十一點一直討論到下午快三點，他一直在觀察Avery表情，Avery沒有表現出任何急躁、慌張，討論過程中她的手機一直震動、電腦訊息框一直叮咚跳出來，她都沒有任何反應。

「你不需要回一下電話嗎？電腦那個叮咚聲是怎麼回事？不用先處理一下嗎？」討論中他有故意問Avery。

但她都說：「沒關係，不重要的事情，不用處理。」

他在心裡默默佩服這個傢伙，情商真的太高，太能沉住氣了。

然後快三點鐘終於結束討論，他看看手錶，假意大聲用很誇張的腔調說：「哎呀，快三點了，你還沒吃飯，沒關係吧？可惜我不能請你吃午餐了，我要趕去銀行辦一下事情，眞是不好意思。」

只見Avery嘴唇有點發灰：「我肚子眞的很餓，那我先走，我需要趕快補充血糖。」

「你有血糖問題？」突然對Avery升起歉意。

「一點點，我們家女生血小板指數比較低。」

Avery邊拿錢包邊回他：「處長，我先出去找食物了。」

然後他開啟監視器的監看螢幕，偷看閃耀在Avery電腦螢幕上的訊息框：

「你人在哪裡？我到了。」

「我在一樓大廳等喔！」

「人呢？」

「你十分鐘內再不出現，我就走了！」

「我要走了，你到底要不要下來？」

「你會不會太誇張！」

「昨晚不接電話，今天中午爽約，很好！」

「我們以後都不要再見面了！」

後面附上很多爆炸、生氣的表情圖片。

看到這些對話，他笑了！今天的工作與娛樂，得到完美平衡！

#310個早晨

看手機氣象顯示下午會有雷陣雨，今天午後最好躲在辦公室不出門，那就早上去拜訪客戶好了。所以他早上傳訊息給Avery，跟她說他要直接去拜訪客戶，但沒有告訴Avery是要去拜訪哪一家公司，請Avery有事情就訊息聯絡，下午他會進公司。

然後早上他安排了兩家公司，第一家只進去給客戶公司的財務送早餐，業務窗口肯定還沒有進辦公室，就留張紙條問好，再加上一瓶紅酒禮盒。

然後帶了兩杯咖啡到第二家客戶那裡送報價單，這是昨天跟Avery一起討論出來的那份文件，但是他沒跟說Avery說其實今天可能就會用到，他自己列印出來親自送到客戶這裡，順便跟客戶仔細說明與溝通報價單細節。中午跟客戶用完簡餐，他才進公司。

Avery見他進來，問他要不要把昨天討論的報價單傳給客戶？他告訴Avery今天早上已經送過去而且跟客戶溝通過了，等下他修改完報價單，再麻煩Avery寄電子郵件。

Avery才當他助理沒多久，就已經掌握客戶的概況，而且她的情商很高，雖然她是助理，但是現在就該小心提防。

他常常可以先推演到事情的未來發展，他直覺如果他不現在就提防Avery，照這樣發展下去，不到半年他就會變成Avery的墊腳石，搞不好哪一天就踩在他頭頂上，到時候就難處理了。

#309個早晨

早上六點鐘Avery就傳訊息來：「今天要請假一天。」上班才一個月就請假？

他回覆：「好的。身體不舒服嗎？還是有事情要處理？」

因爲Avery沒說要請病假？還是事假？他在探人隱私。不過他是Avery的主管，問清楚他爲何請假，沒有什麼不妥。

「我MC來，血小板指數低下，所以每個月這種時候就需要請假一天，還請處長多多體諒。」

看完Avery回覆，他才驚覺，Avery雖然打扮男性化，但卻眞眞實實的是女性身體，每個月依然要向「月經來」這種事情低頭。

然後他默默把這個日期加進手機行事曆。

#308個早晨

Avery休息了一天，今天很早就進辦公室。公司接待櫃檯同事說，她八點就到了。他聽到不動聲色，坐進辦公室，放好公事包，自己走到茶水間弄了一杯咖啡。公司的咖啡豆竟然是那種單品昂貴的莊園咖啡，他以前很少在公司喝咖啡，因爲當時沒有助理，每天行政公文、雜事就忙到頭暈，哪有閒情逸致去茶水間弄咖啡給自己喝，還有他最不喜歡進茶水間，總是會碰到一堆女人在茶水間八卦。今天是爲了體貼Avery月事來，不想麻煩她，才勉強走進茶水間。

他弄了兩杯咖啡，轉進他的小辦公室前，一杯給了Avery，他看見Avery眼睛瞪得很大，一副很驚訝的表情。

「我也會自己泡咖啡啊！」他笑著對Avery說。

但他的善良與體貼只持續了一會兒，忍不住又開始想要作弄Avery。

「Avery，莊董明天想找我們打高爾夫球，你會打嗎？有沒有球具？」

Avery安靜很久，才慢慢回答：「會打，但要租一副球具。」

他偷偷看著電腦螢幕上的監視畫面，Avery臉色慘白。明天是她MC第三天，第三天身體不舒服的狀況，就應該差不多好了嗎？

他應該沒有整Avery整到那麼慘吧？他在辦公桌前偷笑，然後回Avery：「我有一組多的球具。明天早上五點準時，我去你家接你，然後我們一起去球場，大概下午快下班前就可以進公司了。」

「好的。」他看見Avery臉色更白，而且好像快要吐了。

然後他吹起口哨、哼氣歌來，跟Avery說：「明天打完球，也許莊董會給我們一張明年下半年的訂單喔。」

#307個早晨

Avery家住得有點遠，他有點後悔說要一大早五點去接她，這樣等於是在虐待自己。應該叫Avery五點到他家集合。但是他又喜歡保有隱私，他不喜歡家人以外的人靠近他的住處，除非是因爲公事不得已。卽使公司同事知道他住在哪裡，但方圓二公里內，他也不希望見到家人以外的朋友，除了那群一起看球賽的類好哥兒們另當別論。

早上四點起床，四點半出門，現在五點在Avery家樓下，他打電話給Avery，跟她說

該下樓了，即使是他很想追的女人，也幾乎沒這樣接送過，都是約在某間餐廳，然後吃完飯送回家。不自覺哀嘆了一口氣，「整人整到自己。」

但在球場上打球時，他看到Avery持續臉色發白，每隔一小時就要坐高爾夫球車去洗手間，他就莫名的開心起來。

他確實有認眞想過，自己是不是該去看心理醫生。

#306個早晨

最近開始整理下個月季末報告，對他來說，這是很小的事情，因爲他的業績早就拋開後面的人好幾個車身，同時他也可以很精準預估下一季的業績量能，因爲平常努力培養客戶與廠商關係，他並不覺得辛苦，想反的，樂在其中。

不過這是第一次把季度報告交給助理處理，所以他等於把資料都交給Avery，讓Avery去處理文書工作。但他給了一個嚴苛的規定，這個星期，每天下班前都要給他修改版，他會在第二天早上告訴Avery要修改哪裡。

以前他自己寫季報，三天就完成結束，但是交給助理他不放心。順便，他又想看看Avery會有什麼反應，好讓他的生活多出更多有趣的事。

#305個早晨

早上起床決定要補充營養豐富的蛋白質跟維他命B群食物，其實就是多一點蛋奶肉類，他用兩顆水煮蛋加上酪梨、優格，攪拌好一大盆沙拉，然後兩片火腿加上牛奶咖啡、四片吐司，吃到肚子撐爲止，因爲今天早上讓他最興奮的事情就是檢核Avery的季報，他決定中午不用餐，要好好花心思看Avery做的報表。

到公司第一件事，就是叫Avery把報表送進他的迷你辦公室，他開始非常仔細的檢視報表上的數據，以及Avery的說明。

他覺得這報表做得挺仔細，跟他以前做的季報不相上下，甚至可以說做得更好一些。但現在他是Avery的主管，狀況不同，他的要求自然不同，如果不好好修改一番，生活的樂趣從何而來呢？

他請Avery把報表裡所有數據表格的型態重新做過，他不喜歡現在的風格，太過花俏，他喜歡簡潔乾淨的格式，這樣送出去的報告，才能襯托出他的個性。

光是這份報告裡的表格就有十幾個，今天Avery可能要加班趕工了。

他從座位電腦上的錄影機偷看Avery的電腦螢幕，還有她左上角天花板上的錄影機偷窺她的表情。

沒有！沒有任何不愉快！Avery一邊修改那些表格，一邊跟新女友訊息聊天，一臉幸福高興。這樣倒也不錯！Avery傻笑的樣子挺可愛的，可惜這樣美貌的女生不會理會他這樣的男生追求。他在心裡想：「今天就放過她一馬，明天再讓她眞正感到工作艱難、生不如死！」

#304個早晨

早上起床，窗外雨聲嘩啦啦，「傾盆大雨！」他在心裡自言自語，但是突然靈光一閃，覺得興奮無比，他快速從冰箱倒一杯牛奶出來，配上乾吐司，就這樣他最重視的早餐結束。然後穿上藍黑色襯衫，配上黑色織紋領帶，穿上鐵灰色褲子，躁動的拿起車鑰匙，滑進他的油電混合進口車，快速往公司路上前進。

因爲他知道，下雨天，Avery一定會遲到。她來公司這段時間，只要一下雨就遲到，所以今天他一定要比Avery早進辦公室。

準時進辦公室，他看著Avery的座位，一直空到上班時間一個半小時後，Avery才坐進來。沒等Avery屁股坐熱，他就請Avery把報告交上來。然後他把報告大搬風，順序全部改掉，故意中午過後，才發還給Avery修改。

然後他打開他的玩具，電腦上的監視器，偷看Avery的表情，她的眉毛整個揪在一起，太有趣了！總算看到Avery痛苦的表情，他在自己的座位上轉圈圈，今天眞是太愉快了，簡直就是擊出全壘打。

#303個早晨

他又開始在辦公桌前無聊到一直傳訊息給N。但都還是一樣是不讀、不回，或者「對方拒絕接收您的訊息」，要不然就是「系統出錯」，他改用email寄信給她，竟然沒有被退信。他馬上寫了一封文情並茂的信給N，希望N看了可以稍微感動，回覆他。只是回覆就可以，其實他心裡沒有什麼想要再進一步回到從前，或者再度發生什麼浪漫關係的想望。

對他而言，沒有什麼浪漫的事情，除非這件事情對他有實用性，例如，可以紓解他的工作壓力或是實質幫助到他的業務，N對他的實用性，就是可以徹底讓他放鬆，可以體會到生活中的所有細節，還有那些細節中的美好。但是既然N都不回覆他，那他只好放棄，能夠紓壓的方法很多種，N的陪伴只是其中之一。

#302個早晨

他今天把Avery的報告邏輯又大改了一遍，然後就對愚弄Avery這件事失去興趣了。他把今年其他幾個季度的預定業績又查看了一遍，然後還是決定繼續衝業績，畢竟這件事是目前讓他感到最充實、最能感到生活樂趣的事情。所以他把小辦公室的門關起來，開始寫郵件、打電話給客戶！

#301個早晨

天氣大好，陽光燦爛，彷彿又重生般，他忘記了N給他的傷害或者其實是他給N傷害，或者根本就沒有傷害，因爲兩人從來就不算眞正在交往，他努力在生活中扮演自己的角色，但從來沒有情人這個角色，所以也沒有給予情人思念情緒的煩惱，或者需要給出那種一般人會稱爲感情的東西。

他覺得身體非常的輕盈，某種攀附在肩膀上的無形重物完全卸下了！

至少，他現在是這樣的感覺。

不知爲何，他感覺到從內心裡散發出來的快樂，他非常的快樂，快樂的可以擁抱整個世界。

他幫自己煎了八個蛋，烤了二片吐司，然後邊做早餐、邊啃蘋果，單面煎的蛋準備好了，自己手沖了一杯咖啡，這是昨天才叫Avery當跑腿，去他慣用的烘培咖啡豆店家買的，Avery幫他買稱爲「天堂」的咖啡豆，不知道是不是故意的？難道Avery認爲自己生活在地獄嗎？

他問自己：「喝了，就能夠上天堂嗎？」

吃完早餐，把吧台餐廳整理好，他把自行車拉出來打氣。

「今天要好好衝一波！」他對自己說！

昨天打了一輪客戶電話，陪打球、陪登山、陪唱歌的都約好了。他已經把這個月剩餘的日子都排滿了行程。今天就一定要好好的衝出去騎到過癮爲止！

#300個早晨

慢慢地睜開眼睛，他怕忘記自己作過的夢。在腦中慢慢把夢組織起來，然後坐在床上恍神，天啊，他做了什麼夢？他夢見昨天騎車遇見的那個女孩，剛滿十八歲的女生，算是未成年嗎？她清純的像一張白紙，皮膚也白得透明，一頭短髮非常俏麗，他們在騎車路上一定會停下來的休息站遇見。她向他借充電器。

因為她說她的尾燈應該沒電了，她怕騎回程時已經天黑，沒有尾燈會很危險。他心裡想：「她怎麼會猜到我有帶？她的運氣好極了。」

然後他把充電器借給她：「我叫Peter，你呢？」

「叫我Tammy。」

他昨晚就夢見Tammy一下子脫光衣服圈住他，又一下子長出翅膀，穿著全身白衣對他唱詩歌，最後拿出一把長刀砍向他，但每次都失誤沒有砍到，就這樣一直重複，直到他受不了驚嚇醒來。

他起床，拿起手機，看著Tammy的社群貼文，全是騎車風景照，加上裝備齊全看不清楚臉部的照片，這麼低調的女生。但是想起昨晚的夢，仍有點心有餘悸，奇怪的是，這份心有餘悸裡，卻有一份甜滋滋的感覺藏在裡面。

他洗臉刷牙刮鬍子，甩甩頭，拋開怪夢，穿戴好後，多帶了一件襯衫，晚上要跟客戶喝酒唱歌，萬一喝醉了必須去住飯店，還有衣服可以換。

這些客戶是他願意陪喝酒的「類死黨」，會說「類死黨」是因為他們當然不是真的死黨，更沒有稱兄道弟，只不過是聊得來、生活模式相似、業務量又夠、酒品也好，所以他非常樂意陪他們度過一晚酒肉之夜。

#299個早晨

他昨晚還是住進了飯店，早上在飯店吃完早餐，精神不濟的進公司。

Avery還是一臉陽光燦爛，他覺得自己本來才是公司那位最陽光閃耀的人，現在遇到對手了。Avery看他臉色很難看，端了一杯特濃的咖啡進來，再加一顆頭痛藥。

他喝了咖啡，但是把藥丟進垃圾桶，「不想早死，就不要隨便吃頭痛藥。」這是N對他說過的話，他覺得很有道理，所以每次宿醉後，還是拒絕用頭痛藥來解決宿醉的頭痛問題。

他停止了折磨Avery修改季報的工作，讓她直接上傳公司系統，因爲他突然覺得惡整Avery的遊戲不好玩了。他打開手機，反覆觀看Tammy的社群，這個女孩很愛運動，昨天傍晚她沿著河岸慢跑，夕陽襯托她苗條的身影，照片還故意不讓人看清楚她的長相與表情。

他有股衝動，想要傳訊息給Tammy，反覆打字想要送出訊息，但是一想到這個女生只有十八歲，就緊急剎車。

#298個早晨

現在面對手機對他來說是一種煎熬，因爲他雖然無聊時，不會再有想要傳訊息給N的想法，但是卻會想要追蹤Tammy的社群，窺視她每天的動態。他覺得自己可能生病了。

然後他在辦公室待不住，不斷出門去拜訪客戶。一週見兩次廠商，廠商都驚愕於他的勤快，笑他最近是不是訂單太少了，還是在躲誰？

不！他的訂單越來越多，有了Avery以後，他的工作輕鬆多了，訂單接進來，後面丟給Avery處理就好，他可以服務更多客戶。但此刻，他最想躲過的是他自己胡思亂想的大腦，他怕大腦命令他去拿手機，打開手機社群，然後搜尋Tammy，把Tammy貼在社群媒體上的照片從頭到尾都再看一遍，因爲怎麼看，都看不清楚Tammy的臉。

他已經有點忘記那天他去騎車，Tammy來跟他借充電器的長相了。也許只是因爲那個夢，讓他最近心神不寧，但也許是什麼其他的原因，他自己也搞不清楚？

#297個早晨

拼命跑客戶的積極度，雖然暫時轉移了他對Tammy的注意力，但是也讓他覺得這樣日子實在過得太無聊了。暫時，他也不想再捉弄Avery，因爲最近客戶的事情又多又雜，雖然Avery還是一臉燦爛，他完全看不慣Avery的笑臉，但也怕捉弄Avery會影響訂單交貨期。他自己最近也忙於應付工廠各種奇怪的要求、客戶催逼交貨期雖然不會催到他這裡來，只會去麻煩Avery，但客戶會希望他陪打球、陪唱歌、陪娛樂，不勝其擾，訂單多也有多的麻煩。

今天早上老媽又來替他填補冰箱食物，他有點不耐煩，因爲當他生活裡充斥著工作時，最不想要碰到的人就是老媽。因爲她總想窺探他到底在忙什麼？但是卻完全聽不懂、也不相信這有什麼好忙的，或者，爲什麼一定要陪客戶喝酒唱歌？那些都是不良嗜好等等。

今天早上他得陪客戶去騎單車，閃躲母親的一大堆追問，他吞了一顆生雞蛋，就牽著腳踏車急忙趕出門。

客戶選的這條路線，剛好是他上次遇見Tammy的那條路線，胸口有股奇怪的甜膩感。但也許，老天聽到他的心裡獨白，「要是能再遇見一次Tammy，該有多好？」結果他與客戶在路邊咖啡廳休息，眞的遇見她了。

一瞬間，他嚇到自己，心跳加劇。

「嗨，又見面了。」Tammy走過來跟他打招呼。

客戶轉頭看看他：「你的小女朋友？」

他裝模作樣微笑著：「不是，哪有這種福氣？」

「上次忘記加你好友，今天加一下吧？」Tammy像粉紅泡泡一樣笑著拿出手機，問他的聊天社群帳號，他跟客戶都給她了。

加了好友，他看見更多Tammy的動態。

「你的男朋友很帥喔！」他笑著對Tammy說。

「那是我哥，我哥是他們公司的超級業務員喔。」

他看了一下Tammy哥哥的自我介紹，板上列著他其中一位客戶公司的名字。

這家公司，正是大茱工作的那間公司。原來那間公司歐洲線的業務，就是Tammy的哥哥，不過還好他是接那間公司東南亞的訂單，比較不會接觸到歐洲線業務，他有種擦邊球、低空飛過險境的感覺。

沒有其他原因，他只是不想再跟大茱的公司有太深太廣的連線，他害怕大茱再度出現，雖然大茱已經被調離東南亞業務部門。所以他不動聲色，沒有多透露什麼，他的客戶不是多話的人，也不是多管閒事的人，也許正因為如此，才會成為一間稍具規模公司的專業經理人吧！

然後他跟客戶還有Tammy以及Tammy的幾個朋友，一起騎了一段後，就跟客戶兩人轉到其他路線去了。

一邊騎車，一邊想著剛才與Tammy的互動，還有知道他哥哥是誰之後，不知爲何，他那種心思本來集中在Tammy身上的狀態，完全消失不見了。

從心底升起「絕對要遠離麻煩」的想法，代替了朝思暮想Tammy的感覺。

#296個早晨

早上在床上賴床、發呆，轉頭看了時鐘，驚覺時間一下過得好快，突然冒了一身冷汗，不知自己無來由的在緊張什麼？然後拖著身體從床上下來，走出房間踱步到冰箱前面，打開冰箱看著母親塞滿冰箱的食物，他對那些煮熟只要加熱的食物完全沒有食慾，拿出無花果乾、雞蛋、吐司、培根、酪梨、蘋果、花生醬，他把這些他愛吃的東西都拿出來，雞蛋打混用水煮、吐司烤好塗上花生醬、培根烤到焦脆，水果切好拌在一起只淋上蜂蜜，然後吃光光。

吃完早餐，那種莫名的緊張感消失了。他把冰箱那些老媽料理好的食物一一裝進保

鮮盒，帶去公司給Avery。

「我媽煮的，新鮮的，太多了我吃不完，你帶回去吃吧。」

Avery眼睛瞪得很大，「謝謝處長。」

然後他坐進他的迷你辦公室，打開電腦，看見螢幕監視器上，Avery正在跟她的小女朋友對話：「今天晚上來我家吃飯，我下廚。是你才有的喔。」後面加了一串愛心表情。

他看了搖頭，原來Avery的陰影其實就在這裡，甜言蜜語外加不傷人的謊言。

明明那些熟食都是他老媽做的，他不吃才拿來給Avery。

「我這裡的監視器可以拆除了，新助理的狀態應該OK。」他對人資部門傳出訊息。其實是他覺得玩弄Avery已經沒什麼樂趣了。

「好的，也該拆下來了，其實這樣有點侵犯員工隱私，走在法律邊緣。」後面加個尷尬的微笑表情。

「今天你們那邊的人都下班了，我們就去拆除。」人資部門回。

「好的。」他回。「不過我要監看你們的拆除工程。」

因爲眞相是他心裡對於人資部門的信任度是零，一方面他要親眼看見他們拆除監視器，一方面他也怕人資部門發現其實在他的電腦旁邊也裝了監視鏡頭。

#295個早晨

正式把Avery當作工作夥伴，不再繼續把她當成玩弄對象，工作之外，他好像也沒有什麼娛樂了。他又把與N有連結的社群打開，試著傳訊息給N，但結果跟之前一樣，都被封鎖了。

他幾乎快忘記N的長相，他的手機裡沒有跟女生的合照，私人照片只有跟爸媽合照、跟客戶合照、風景照，他盡量不跟女生合照，能避免就避免。就算是女同事，也盡量不合照，除非是團體照。

但他對N依賴的感覺，是那種一想到N，就會聯想到N房間窗台前的黃色小盆花、那個陽光會滿滿灑進窗台的房間，很溫暖，像棉花糖一樣美味可口。

但他完全不懂爲什麼他要這樣在情感上依賴N，這樣算是依賴嗎？這樣算是對N有感情嗎？他從來都弄不清楚，也不想弄清楚。但某方面，他清楚知道自己對於感情這種事，只有能力接受，卻沒有能力付出。

#294個早晨

Avery處理訂單的效率，愈來愈好。工廠生產進度、客戶看樣、交貨進度，完全都掌控在進度表內，偶有延遲，也不超過一週。她應付生產廠家的能力，也駕輕就熟。這麼快就把事情都掌控在手上，顯示Avery不論是智商，還是情商都很高超。

但他還是沒有讓她去拜訪客戶或是單獨做工廠拜訪，她的能力其實很強，他看得很明白，不用一年，她很快就跟上他的腳步，甚至有可能做得比他還好，唯一他最後可以防堵她、贏她的，可能就是她畢竟還是個貨眞價實的女生。有些生理上的眞理，是她跨不過去的。

#293個早晨

早上一睜開眼睛，看見的全是陌生環境，睡在陌生的房間裡，他知道昨天晚上他又喝多了，現在應該是在工廠附近的飯店裡。他昨天下午才出門去訪問工廠，原因是晚上工廠已經安排好要拉幾個「類哥兒們」一起吃飯喝酒唱歌，想也知道會應酬到回不了家，所以他乾脆很晚才出門到工廠，廠訪完就一路吃喝，也不用回家了。

#292個早晨

他是那種不愛看書的人，但有時候爲了打發時間，他仍然會買幾本書，偶而翻開這些書，看看裡面的文章。有時候，他會發現，即使看不懂這些文章在寫什麼，但是一個字一個字讀這些書，竟然可以讓他心情平靜，感覺平日那些攪亂他日常生活的煩惱也不是什麼大事，一下子就過去了。

然後他又會開心的泡杯咖啡，或者打開冰箱做菜給自己吃。這種時刻，他會忘記他一直想要傳訊息給誰的衝動，例如傳訊息給不可能再回覆他的N，或是傳訊息給Avery交代工作順便虐待她，或者傳訊息給「類哥兒們」晚上要不要找幾個妹去唱歌打發時間之類的。

今天早上他讀了一本客戶窗口介紹的書，書名叫做《吸引力法則》（2），那個窗口是位有點年紀的女業務，非常熱心，常常幫他把年度業務量都先安排好，他不知道她爲何對他那麼好，是對他有什麼要求又不敢說嗎？

有次他問女客戶業務原因是什麼？她只簡單回答：「我跟你們公司的第一名業務合作，需要再換業務來找自己麻煩嗎？」他只能無奈傻笑，的確，如果是他自己，也會採取這樣的策略，對第一名業務好，就是對自己好。

然後她又介紹他一本《早晨的冥想》（3），他個人比較喜歡這本書，因爲這樣早上起床喝咖啡時，就不用拿著手機不放，而是可以翻翻這本書。

這本書是奧修大師的著作，奧修大師是誰？他不淸楚，還是拿起了手機查一下網路，到底這位叫做奧修的大師有哪些偉大事蹟，可以讓他寫出這本看起來簡單，卻有那麼多人當作聖經看待的書本。

今天早上他看到《早晨的冥想》這本書裡的一句話，覺得還不錯：

旅程從自身開始，而從神那裡結束。

他從來都沒什麼信仰，所以旅程要從什麼神那裡結束，不是他要考慮的事，他只是覺得這句話看起來有點美感，僅此而已。

#291個早晨

他今天早上蹲馬桶的時候，突然靈光一閃，覺得自己眞是太笨了！他怎麼一天到晚只想到要傳訊息給不會回覆的N，卻忘記去看N的動態。所以他立刻打開N的動態頁面看看她最近都在做些什麼事情。但是N的動態沒有什麼更新，只有幾則N以前拍的風景照、窗台前的小黃花、黃花阿勃勒滿樹開花的照片、她穿著黃色洋裝一頭長髮的背影。一下子興奮感被極大的失望取代。

他傳訊息給Avery：「今天把要給明天拜訪廠商的資料整理好，下班前傳給我。」

Avery回：「好的。」

這是Avery，不會多問什麼不該問的事情，但會把份內工作做得很完整。

有Avery在，他真的可以完全沒有後顧之憂。

只可惜Avery既不能成爲他的「類哥兒們」，也不能近水樓台成爲他的女朋友。有時候他甚至不知該怎麼對待Avery，不能對她爆氣，因爲對他來說Avery就是女生，但也不能用對女生那一套對待Avery，既不能送Avery香水慰勞她，也不能送名牌包討好她。不過他後來想通了，Avery就是同事，送對工作有利，Avery又缺少的東西，例如高爾夫球具、球衣、球鞋等等。

這樣當客戶公司一群人打球，他可以帶Avery去分擔他的人際關係維繫公事，那樣場面就輕鬆多了。打球一小隊能湊齊四個人最好，但如果碰到那種只有一位總字輩客戶加上他自己兩個人，或是跟客戶夫妻三人打球，他就得唱獨角戲，要不停找話題來聊，攜

帶Avery一起去，絕對會輕鬆很多。

交代完公事，他踱步到他的開放式廚房，打開冰箱發呆了很久，只拿了根香蕉出來吃，然後泡一碗泡麵。他坐在客廳吃完泡麵，就一直坐在沙發上，直到他的「類哥兒們」打電話進來。

「在忙什麼？一直傳訊息給你都不回啊？等下要不要一起去唱歌？」

「好啊！」他發出高昂的聲音回覆。

然後他看下手機，一大堆訊息傳進來，就是沒有來自N的訊息。再看一下時間，他從椅子上跳起來，怎麼一晃傍晚五點多了？

他進房間穿好上班該穿的衣服，但這是爲了去跟「類哥兒們」唱歌，而不是去上班。他不想讓大家發現，他今天沒有進公司。

#290個早晨

昨天晚上唱歌、喝酒到很晚，早上醒來，覺得昨天所做的一切，都好像脫離了他想要的生活紀律，懷疑自己是認眞的生活著，但又覺得這樣一直責怪自己，活著好累，不自覺的已經冒出一身汗，他進浴室上廁所、沖澡。

出門上班前，他打開手機，對N傳送早安訊息，想也知道，不是沒有回應，就是被退回訊息，傳送不出去。

刻意穿上最好的那套西裝，他今天要好好的認真工作。

#289個早晨

事實上，即便你想要死，你都不能。根本就不可能死，你從未出生，也從未死亡；你在出生前就存在了，而你在死後也會繼續存在。——《早晨的冥想》〈十月三十日〉

他沒有照這本書編寫的日期依序閱讀，而是想看的時候，隨便翻開一頁閱讀。闔上書，他想：「是這樣嗎？如果是這樣，那麼是不是可以很容易的就拋下世俗與責任？反正，就只是開始或結束，或者結束再開始這樣的問題而已？」然後他突然笑了，他覺得自己怎麼突然有智慧了？會思考了？

思考怎麼把客戶套牢，廠商套牢，才是他平日會動腦想的事情，其他的事，在他心裡都是浪費時間而已。

#288個早晨

一大早還躺在床上，他已經聞到客廳有咖啡的香味，不是老爸、就是老媽又來了。他起床，打開房間門往客廳看，老媽坐在開放式廚房的吧檯前，他看著她的側臉，低頭在喝著咖啡的老媽，有點神情落寞。

「老爸昨晚又沒回家？」他還穿著內褲，沒穿拖鞋，光腳走進客廳，發出很輕的聲音，好像怕驚嚇到誰一樣。

「嗯。」老媽沒有抬起頭，繼續低頭看著咖啡杯，好像裡面有什麼寶藏。

「吃早餐沒？我幫你做好吃的早餐。」然後他好像變成老媽的老爸一樣照顧她。

他炒了一大盤放滿黑胡椒粉的番茄炒蛋，聽說黑胡椒可以讓人精神愉悅，然後烤了兩片吐司，把番茄炒蛋夾進吐司，又煮了一碗裡面放滿薑絲的鮮魚湯。食物可以讓人精神振奮、脫離焦慮，除了食物，他想不出其他辦法，讓他母親脫離那種自憐自哀的情境。

#287個早晨

他實在沒有心情處理他爸媽這對老夫老妻的問題，但是現在不處理，以後會更難處理。他想起小時候，放學後他沒有立刻去幫他爸爸的家庭文具公司送貨，或者整理貨架，就會被他老爸毆打，甚至口出惡言：「養你這個咬布袋的小孩幹嘛？你想繼承我的家業，放學就給我乖乖回來做事。」或者：「你到底是不是我的小孩？我怎會生出你這種好吃懶做的小孩？」更甚者：「你八成是你媽在外面偷生的小孩，我不可能有你這個懶惰的種！」

他不懂爲何他的父親責罵他時，可以說出那麼惡毒的話，何況那時候他年紀還小。

常常，只要一想到與父親討論的話題會引發兩人爭論，他就會生出一股噁心至極的感覺，雖然以他平常對自己嚴格的情緒訓練，他明白自己一定會掩蓋得很好。但如果只有老爸出現在他的房子裡，他總是要極度壓抑自己的厭惡感與那股揮之不去的噁心感。

因爲他不能驅趕自己的父親，也不能明目張膽地躲著自己的父親。如果是客戶，他可以不接待，是廠商，他可以不發訂單，但自己的父親，躲不過，也無法逃避！

這種事情，想通了，便是對自己殘忍，有時候他會因爲重複想清楚這件事，而獨自躲在暗黑不開燈的房間裡偸哭。

今天，他又得像個知書達禮的陽光青年，跟他父親討論他的小姨。上次就討論過，老爸保證不管怎樣，他晚上一定會回家，他之前就懷疑老爸做得到。

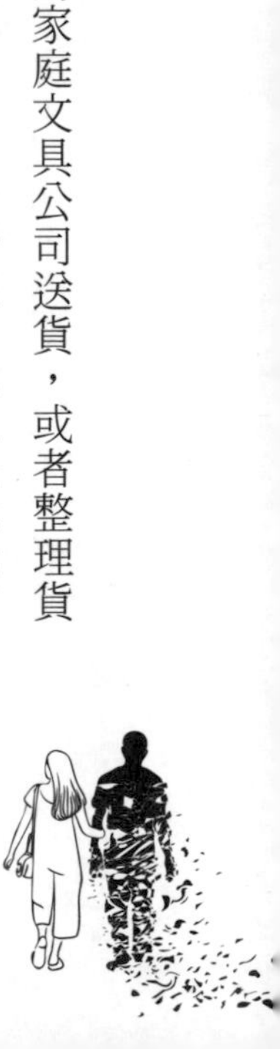

在一起那麼久，跟小姨也有深厚感情了，怎麼可能突然說以後不在那裡過夜，就做得到呢？

但爲了老媽，他得再去要求一次老爸，他不希望母親常因爲心情不好，反而莫名其妙引起身體上的病痛。

一對感情那樣好的老夫老妻，爲什麼中間還擠得下別人？他實在不懂老爸。

#286個早晨

「頭腦甚至比身體還善變。一會兒，生氣在那裡；一會兒，悲傷在那裡；而另一會兒歡樂又在那裡，它不斷在變，你只是它的一個見證者。」——《早晨的冥想》〈十月二十九日〉

他覺得這段話太抽象了，因爲他平常不太讀這類的書，但他可以理解的是，的確，大腦很容易失去理智，讓人做出一些莫名起妙的事。

因爲今天早上，Avery竟然傳訊息給他：「老大，下週我可能想請幾天假。」

「請假？可能？」到底是怎麼回事？他回問：「怎麼了？一切還好嗎？」

Avery沒有回覆，大概在通勤路上。於是他決定早早進辦公室，他想要愚弄她的壞心眼，又突然升起。

#285個早晨

這幾天他都得準時進辦公室親自處理行政事務，就跟他還沒有自己的小辦公室前一樣，因爲他還是讓Avery請假了。畢竟她請的是喪假，如果這種情況不准假，就太有沒人性了。

所以今天進辦公室，桌上沒有熱咖啡，他自己去茶水間倒了一杯熱水來喝。偶而喝點什麼都不加的白開水，突然覺得純粹的水喝起來還挺美味的。

#284個早晨

辦公室沒有Avery的日子很無趣，因爲他這幾天都得準時進辦公室，跟習慣平日打高爾夫球的客戶擦身而過，不然就改到一大早太陽升起之前，可惜很多客戶年紀大了，都會睡得比較晚，沒辦法再打那種天還沒亮就到球場的球局。

騎單車的客戶就改到假日了，倒是唱歌的、打麻將的客戶或廠商，就不受影響。

今天早上他傳訊息給Avery，問她狀況如何：「一切OK嗎？有需要幫忙的地方再告訴我。」然後跟她說，公司有員工慰問金可以申請。但其實他很想問Avery：「請一週的假可以縮短時間嗎？可以早點回辦公室嗎？」

他覺得自己不知不覺，已經非常依賴Avery了，才沒多久的時間，眞是太奇怪了。

#283個早晨

才兩天時間，他就受不了一大早進辦公室處理行政事務，但也很奇怪，二個月前，他都必須早上準時進辦公室做完行政事務，包括塡寫一日拜訪行程表、日報、週報等等，還得跟主管開會，然後再修正一日行程表、給客戶的商品資料、報價資料等，那時候他做起來沒有任何情緒，因爲他在衝業績，而且他不打團體戰，尤其不喜歡別人干涉，一切都是靠自己，直到他的業績神速的像登陸火星一樣。被公司快速提拔升官後，搭配Avery，他已經完全脫離那些行政事務，全面讓Avery接手，他只全力衝業績。

單純做他專長的事情，如魚得水，他快樂了好一陣子，直到Avery請假，他才驚覺，他快樂的日子，是建立在對Avery的依賴上，那他平日爲什麼這麼喜歡欺負Avery呢？

他自己也不清楚，感覺Avery是女生，他雖然覺得女生是很麻煩的動物，平常喜歡距離女生越遠越好，除非他有什麼生理慾望、感情需求時，才會靠近她們，他自認爲沒有哪一位女生可以綁住他。但他又想到N，那N在他心裡，到底是什麼角色？

然而Avery其實又是個男生才對，他對同公司的男生，全都一視同仁的當成競爭對手、敵軍。所以他一方面依賴Avery，一方面才會又要捉弄她，也許是這樣吧？他自己分析自己對Avery的態度，或許就是這樣吧？

#282個早晨

他現在早上都被行政工作綁著，打球的客戶一週只能陪一組，但是喜歡唱歌、吃飯喝酒的，幾乎每晚都可以奉陪，所以他晚上都忙到很晚回家，然後第二天一大早就進公司。

他是那種非常有效率的業務，行政工作可以一下就做完，他的職位已經不太需要經常跟總經理報告他對客戶的業務策略，只要拿到業績就好，所以整個早上三到四個小時，有二個小時在喝咖啡、上網、發呆，或者，他會提早出門跟客戶或廠商吃早午餐或中餐。

時間掌控得沒有很好的日子，又沒有Avery可以捉弄，他又開始一直傳訊息給拒收

的N，然後被虐的接受那些「對方拒絕接收您的訊息」、已讀不回、完全沒有顯示有沒有讀過訊息的這種鳥事。有時候看到已讀不回，他還會安慰自己：「哇，至少N有讀訊息。」

#281個早晨

他覺得沒有Avery的日子，已經夠混亂、夠忙了，然後老媽這幾天不知爲何，每天一大早就來他這裡打掃、煮飯、洗衣服之類的。

他對老媽說：「媽，我已經不是小孩子了，你可以去忙你自己的事情，不用這樣幫我做家事，我自己會做。」

老媽沒有理他，只回他一句：「你可以煮咖啡給我喝啊，當作酬勞。」

他猜，母親跟父親兩個人之間不知又發生什麼讓雙方都不高興的事情了？他在等他母親什麼時候準備要告訴他實話，而不是藉由幫他做家事轉移注意力！

#280個早晨

一大早，還在睡夢中，他聽見一陣陣敲東西的聲音從房間外面傳來，起先他還以為是遠方的打雷聲，清醒一點之後發現，應該是老媽在他的客廳不知道在弄什麼東西？

他起床，開門、衝出去，看見他母親正在靠近陽台的窗邊釘架子。

他情緒失控，覺得自己完全理智斷線！怎麼可以這樣打擾他的生活，甚至侵犯他的空間、私領域？

「媽，你到底在幹嘛？」他大吼起來。「怎麼可以沒經過我同意，就在我家隨便釘架子！」

老媽愣住了，或者說嚇到了，他兒子幾乎沒有這樣對他大吼過，小時候也許有。然後他母親哭了：「你爸已經一個星期沒回家了。」他母親手上拿著釘錘，一下子失去力氣般坐在沙發上。

#279個早晨

Avery今早傳訊息給他：「老大，我今天還會請事假一天，週一會進公司喔。」

他看了，但給她一個已讀不回。

他現在很會用這招來虐人，這是他從他與N的對應裡學會的，訊息已讀不回，是人際關係裡最虐人心的事情。

因爲你完全猜不到，到底，對方已讀不回的意思是什麼？也許對方太忙，忙到只有空看訊息，沒有時間回覆。或者對方急著讀你的訊息，但是正在運動中、開車中？或者根本就是打開訊息而已，只爲了不想要看到那個提醒訊息的紅點，至於對方留了什麼訊息，根本沒看？狀況太多種，你根本沒辦法下結論，不能下結論，就無法採取行動，例如，把那個已讀不回的人封鎖之類的。

#278個早晨

一大早陪客戶打高爾夫球後，回家再吃一頓早餐，然後騎自行車出門，跟另外一個客戶騎山路，中午一起吃飯，下午他小睡了一會兒，穿上運動服、慢跑鞋，他跟老爸約在公園見面，他老爸說想走路運動。他心裡想：「也許邊走路運動，邊聊老爸與老媽的問題，會有比較好的結論，走路運動也會提高腦內啡吧？」

老爸的理由是，接近年底，「我多花點時間陪陪小姨，也是人之常情，明天，我就會回家了。」他提醒老爸，「明天買份給老媽的禮物再回家吧！」

然後父子兩一起去吃晚餐。但其實，他一直在壓抑自己的感受，他很想對他父親揮拳，他對自己的父親感到厭煩、噁心，他認爲他父親應該更好的對待母親。

有時候他發現自己已經不自覺的把對待客戶的那一套，拿來對待他的父親。就是無論如何，客戶說的話都要相信，客戶會有那些行爲，一定是有客戶的正當理由，他的責任，就是不帶感情的，替客戶完成客戶想要達到的目的。

#277個早晨

一連好幾個不安寧的早晨，他以爲今天早上可以安靜了，但是沒有，他母親一大早就來敲他的房間門，但其實應該說是半夜，而不是一大早。

「你爸是不打算回家了嗎？他以後要住在小姨家了嗎？他打算老了就放我一個人不管了嗎？」他看見母親沒化妝的臉，臉上滿是細紋，嘴唇蒼白，頭髮凌亂花白，他有點害怕看見這樣的老媽，他甚至不敢直視母親。

「如果我老了變成這副模樣，應該會去自殺吧！」他在心裡對自己說。

「老爸昨天跟我保證，他今天會回家的。你都沒睡吧，要不要到我房間睡一會兒？」他遠遠的看著自己母親，無奈的、沒辦法放進感情的，要老媽去床上睡，不要躺在沙發上。他沒辦法接受他的沙發上躺著一位鶴髮雞皮的老人，他希望他的母親進房間去把她自己藏起來。但他母親堅持睡在客廳沙發上，他感到很無奈。完全無法控制的事

情，或者說沒有秩序的事情，讓他頭痛。

#276個早晨

他母親一大早從沙發起身，在客廳的衛浴裡洗臉、刷牙、化妝，然後到開放式廚房幫他做早餐。他從房間聽她母親走路移動的聲音，就大概知道她在做些什麼？然後腦袋裡就生出畫面，這種情形簡直讓他發狂，他生活裡那份安靜、隱私，完全不見了。但他不能趕自己的母親出去，何況她這兩天心情很差，狀況很糟。

他勉強裝作愉快地吃完老媽替他做的早餐，抓起公事包出門，沒有直接進公司，他開車繞道去他小姨家，他要去敲門、把老爸拉出來，讓他好好交代他爲什麼違背自己說過的話。

但他猛敲門後，來開門的小姨一臉疲憊憔悴，他只好把火爆壓下來：「小姨早安，我爸呢？他已經太多天沒回家了，他總應該對我媽公平一點。」他慢慢地對小姨說，因爲只有慢慢說，才能壓下即將爆發的脾氣。

「我跟你爸今年上半年就分手了，難道你不知道嗎？」他張開嘴，驚訝的無言以對。

「那我爸都去哪裡了？小姨清楚嗎？不好意思，我還是要向小姨問清楚。」他很有禮貌的慢慢說。

「你爸被年輕妹妹抓走了。」說完，關上門，留下一臉錯愕的他。

#275個早晨

他討厭無法掌控的事，他父親的事情正是如此。幸好Avery回來上班了，他可以不用待在辦公室處理行政工作，也不用等行政流程裡的簽名回覆，他全部交代給Avery，他要去處理到今天仍然沒有回家的老爸。

他打電話追他老爸的行程，要他立刻從度假區回來，他每隔半小時打電話問他到了沒？

終於，老爸回家了，他在父母家客廳等父親，他叫老媽在他家等，等他問清楚了，再讓母親決定後面要怎麼辦？

「你跟小姨在一起那麼久，怎麼就這樣分手了？只是爲了一個年輕妹妹？年輕妹妹想要你的什麼？」他一串問題，直接問清楚。

「小姨想要名分，怎麼可能？年輕妹妹就是喜歡有人陪她出去玩而已，也沒要什

麼，就一個義大利的旅行背包而已。」他聽完老爸的回答，他無奈、他大笑，笑到無法停止。他覺得他父親眞是全世界最厲害、情商最高的人，即使說謊也說得輕描淡寫，人畜不傷。

他知道，那位小姨從來就沒有要名分，唯一要求的，是要老爸給她一間房子可以安身立命，老爸沒有答應，只出了自備款。大概兩人總是在吵房貸誰出，吵出不愉快，那份浪漫不見了，老爸開始躲小姨。

年輕妹妹也許正好，肉體年輕，要的不多，所以老爸理所當然換人服侍了。

對老爸而言，在一段關係裡面，就算眞的有感情，也完全都可以用利益來衡量的。

他父親看他狂笑，倒了杯水給自己，也給他一杯。兩人坐著喝完水，很有默契的，他的父親靜默，他則掏出手機打電話給他母親：「媽，老爸回家了，以後他不需要每個月都在外面過夜幾天，他每天都會回家，但可能每二到三個月會消失一個星期左右，你接受嗎？」他母親沒有應聲，停頓了很久，回他：「我等下回家去了，冰箱裡有壽司，我早上做的。」

然後這件事情就這樣落幕了。但他對父親那種嫌惡的感受，還是壓在心裡的某個角落，隨時會像胃酸一樣，食物吃太多就會翻攪出來，令人想吐。

#274個早晨

最近國際市場開始有點變化過大，歐美國家在抵制特定的東方國家，他必須急速地調整方向，否則明年度的業績就會往下掉得很快。他開始擴大他的歐洲客戶群，請客戶幫他介紹客戶，然後要求出貨工廠或出貨的貿易公司，把供貨生產線從被抵制的國家轉移到東南亞，他也同步把東南亞客戶變成一起經營歐洲市場的夥伴關係。

不過這樣急速調整，他必須很周密審慎地做好計畫，並且在低調的狀態下，鴨子划水，等計畫差不多成形的時候，再向總經理報告。所以他現在除了要提防歐洲線的業務發現他可能踩線，還要提防Avery走漏消息。

拓產業務的事情，他向來只相信自己，其他人答應會保密，但只要一疏忽就會鬆口而出，何況Avery是女人，雖然Avery本質上是男人，但對他而言，都是一樣的，生理上是女人就是女人，基因就是女人的基因，眞理不敗。

只是他沒有想過，行爲是可以跟著環境與性格改變的，天生的生理因素，總是會因爲後天的學習而更新、進步。

#273個早晨

眼睛張開，窗外灰色一片，顯然是陰天。他心裡的那片黃花阿勃勒窗景，還有陽光會踏進窗內的風景，已經大半年沒見到，當然，也因爲不是花季。但至少該有的陽光，好像好久都沒見到了。

也許其實平日都有亮黃黃的金色陽光灑進來，只不過他把心思都放在工作，還有捉弄Avery的事情上，就算陽光有多燦爛，他也感受不到吧！他這樣反省自己，但又如何呢？

拿起手機，他又開始傳訊息給N，當然不會有任何回應。但在心理上，他傳訊息出去了，有了窗口可以紓壓，即使沒有回應，他也被自己制約到感覺有一股甜甜的滋味，在心裡迴盪一整天。

#272個早晨

他發現時間對他來說，是很奇怪的尺度，但時間確實不算是尺度。

有時候他認爲已經飄到遠方，跟他毫無關係的事情，他會誤以爲那是好幾年前的事，但實際上，也才過了幾個月而已。例如歐洲線工廠大火、微笑小姐這兩件事。這兩件事應該毫無關聯，但是現在他正在鴨子划水佈局歐洲線新客戶的關鍵點時，這兩件事竟然連在一起，同時出現，完全出乎意料之外。

他躺在床上想這件事到底爲什麼會發生？

他交代Avery，最近要把歐洲線的供貨廠或貿易公司電話都打一遍，同時安排拜訪時間。他給Avery的理由是，歐洲線的供貨商提供的貨品符合歐盟標準，品質比較好，他想要提升客戶的供貨品質。

昨天Avery跟他報告，有家供貨商的窗口說跟他很熟，是位女主管，Avery把姓名及聯絡電話給他，「對方說她跟你是老同事，你們很熟，很久不見了。想邀請你去他們工廠拜訪，順便請你吃飯。」

然後搞不清楚狀況的加碼一句：「她的聲音聽起來很溫柔，是公司離職的老同事嗎？我可以跟去拜訪嗎？」

「你已經有女朋友了，不要來亂！」他把Avery趕出他的小辦公室。

他看了名片，是那間今年發生大火的歐洲線工廠，而名片上那位女主管的名字，正是微笑小姐的名字，當下，他只覺得一陣耳鳴。

有些無奈，怎麼甩也甩不掉，就像黏在蒼蠅板上的那群蒼蠅，不想看就得把蒼蠅板

丟掉。但是現在他沒辦法把蒼蠅板丟掉，他要把蒼蠅板當成是已經咬在嘴裡的肉，即使不喜歡，也得這樣想，甚至，可能還得一口吞進胃裡。

他突然覺得牙齒很痛、偏頭痛也發作了，顧不得N曾經對他提醒止痛藥的壞處，起床就吞了一顆止痛藥，準備上班。

#271個早晨

一早被陽光曬醒，手臂被窗外的陽光曬得發燙。

「不是已經入冬的季節了，怎麼天氣還這麼熱？」他在心裡嘀咕，然後在床上坐起身，完全不想下床，隱約感到一陣厭世感，昨天晚上很晚才睡著。但他今天一定得出門，也一定要進辦公室，不能偷懶。誰叫他給了自己一條不輕鬆的路，他知道自己愛賺錢、愛工作第一名，沒有人要求他，他要求自己在自己可控制的小星球中，至少要排在前面幾名，他不喜歡成爲失敗者。雖然他不愛讀書，但他清楚明白，自己跟尼采（Friedrich Wilhelm Nietzsche）筆下的「超人」是一樣的人種，自以爲是、總感覺自己是人群中最重要的人、與衆不同。

而他也百分之百知道自己今天的厭世感來自哪裡，就是他今天一定要進辦公室拿

Avery準備好的書面文件，下午也一定要去見微笑小姐，這次他很清楚明白，他絕對躲不開微笑小姐。

#270個早晨

是陰天。

昨天歷經「驚心動魄」的工廠拜訪，還好整個過程幸運指數很高。

拜訪行程一開始只有微笑小姐帶領他參觀這座大火以後改建的全新工廠，整個過程他都已經有充分心理準備，在某個角落或某個適當的時間點，微笑小姐會伸出手碰觸他，面對不喜歡或無法接受的人，他的潔癖就開始發作。

不過感覺老天總是特別眷顧他，參觀到尾聲，工廠老闆出現了，許久不見的歐洲線工廠老闆看起來紅光滿面。他急著伸出手要恭喜老闆新廠建成的同時，微笑小姐撲上去抱住工廠老闆，他驚嚇、愣住的同時也鬆了一口氣。

最後三個人聊得很愉快，後續又有一些同業來參觀新廠重建落成，他雖然不是新廠開幕時第一批被邀請的客戶，但微笑小姐暗示他：「你是我最愛的老同事，只要有訂單來，一定優先替你準備。」

吹起口哨、哼著音樂起床，即使是陰天也心情大好，前兩天那種滿嘴含著蒼蠅屎的感覺，完全消失不見。

#269個早晨

又是陰天，這幾天太陽躲起來不見人。

他又穿上粉紅色襯衫，配上一條深灰金屬光的領帶，頭髮造型用髮蠟固定，噴了古龍水，準備今天重要的簡報會議。

他佈局歐洲市場的計畫大概百分之八十五完整了，客戶跟配合工廠大概百分之七十簽好合作備忘錄。至於總經理最後會不會願意讓他做幅度調整那麼大的市場業務，這次他反而沒有把握了。

#268個早晨

天還沒亮他就起床了，原因是昨天總經理聽完簡報就點頭同意，不過附加一段總結：「公司現在還沒有把各區業務板塊分得那麼清楚，預計明年會推動業務板塊分責計畫，你好像知道公司核心機密，動作很快。但是最後你還是要選擇一塊市場，這段時間，剛好你也可以一邊運作市場，一邊考慮未來要站在哪一個板塊衝刺你的業務量。公司對你的期待很大。」

這段總結讓他開心到忘我，竟然開口邀請Avery帶他女友一起到家裡吃早午餐。

但他最近太忙，房屋很亂沒有打掃，老媽最近這幾天也都沒來，大概經過老爸上次那件事以後，每天都緊黏著老爸，不讓他父親有機會出門找年輕妹妹。

一大早起床打掃、把牛排、雞胸肉拿出來解凍。

Avery說他女朋友不吃牛肉，也不愛吃味道很腥的魚，只吃雞肉。

不但打破原則讓同事侵門踏戶到他家裡作客，而不是來送公文而已，還要做早餐給他們吃，眞是腦袋裡長蟲了。

他常常想「腦袋裡長蟲了」這句話，眞的很經典。很像電腦中毒的狀況，「電腦被蠕蟲侵入」這個概念，會讓他想像有好多線型長蟲在大腦中蠕動，然後又覺得這畫面令人不舒服，他會不自覺的搖頭，想把滿是蠕動蟲子的畫面甩出去。

#267個早晨

工作忙一陣子後，他突然又有點覺得生活裡少了些什麼？

早上起床，拿起手機看看社群動態，然後他又打開N的訊息視窗，再度找了一張之前在N家窗台拍的小黃花盆栽照片，他加上早安兩個字，變成早安圖發出去。他當然知道不會有任何回應，會阻擋的社群訊息APP視窗裡，一堆紅色驚嘆號，顯示「對方拒絕接收你的訊息」已經一長串。

但他不介意，他就是想要發訊息給N，至少這樣，他還是覺得與N有連結，他可以看看N的大頭照，穿著黃色洋裝，笑臉燦爛。即使見不到N本人，卻還能看到N的頭像照片。

他現在已經搞不清楚，自己是深愛N，還是放不開N，或者他就是喜歡追尋那個他沒辦法抓住的東西。深愛兩個字，他第一個對自己否決，他怎麼可能會深愛誰，喜歡兩個字可能有，「深深愛著」可能性更低。

但是他很確定，每次傳訊息給N之後，那一整天，他都會心情極好，覺得「未來」那條路輕鬆愉快。

#266個早晨

感覺時間停在他小時候的時空裡，那個他爸爸帶著他去上班的地方。因爲那一天媽媽跟姐妹們去郊遊，他記得是媽媽計畫了二個星期，跟爸爸商量了很久才讓爸爸答應。然後他放學時，爸爸來接他一起去上班。那時候爺爺還在，他爸爸其實就是在爺爺家工作，幫忙家族企業。不過雖然是家族企業，想要業績好，跟所有人一樣必須很努力，文具批發的家族企業金額小，他爸爸工作很認真，但也很認真花心。那是他第一次看見老爸跟女人在一起摟摟抱抱的樣子，年紀還很幼小的他有點嚇壞了，深怕老爸會把那個阿姨帶回家代替母親。

那天晚餐，老爸帶他去吃牛排，跟他說：「放心，你只會有一個媽媽。那些很喜歡爸爸的阿姨，爸爸只是怕他們傷心，所以抱她們一下，沒什麼重要的，不用擔心。」

就這樣，他在這些話中成長。

一早他看見母親又神色落寞的出現在他家裡，小時候的情景再度出現，他老爸抱著別的女人的畫面再度出現。他又縮回那個小時候的小男孩。

#265個早晨

昨天在家躲了一天，一方面陪伴母親，一方面他覺得自己狀態不好，也不想出現在眾人面前。他幾乎躲在房間的被窩裡一整天，而他母親則是在他的客廳沙發上躺了一整

天，傍晚他們才開冰箱做晚餐一起吃。

今天一大早他就出門上班，他把母親留在家裡，沒有鼓勵她回自己家，也沒有多跟母親說些什麼，沒有吃早餐就出門了。

進公司，他還是笑臉燦爛，隔壁小辦公室比他年長的美西線業務處長Allen見到他，拍拍他的肩膀：「早安啊，看起來永遠精神奕奕、陽光燦爛啊，年輕眞好！」然後Allen嘆口氣進到自己的小辦公室。

他回Allen：「中午一起吃飯吧，今天陽光弟弟請客。」

然後他收起笑容，縮回自己的辦公桌後面，發呆、拿起手機、打開社群訊息APP，找到那個N不會再有回覆的視窗，對N打字：「昨天我爸又睡在女友家，老媽又憂鬱了。」

然後像是抒發了什麼，心情突然好起來，那一瞬間剛好Avery進辦公室，她看見他好像見到鬼：「我幫你煮杯咖啡?!」他還沒點頭，她就已經衝去茶水間了，只有Avery看得出來他表情的微小變化以及他的情緒到底是晴天，還是陰天。

#264個早晨

昨天老媽回家去了，應該是老爸回家了吧？他不想打破沙鍋問到底，多一事不如少一事。因爲他發現，不管他怎麼干涉父母之間的事情，老爸答應他的承諾，其實永遠都做不到，也許剛開始可以實現承諾，但沒多久又再犯，一再重複，他覺得自己已經失去耐性，也負荷不了。

他告訴Avery這兩天想好好休息，等他休假完，就換她。歐洲市場擴張計畫忙完，總該好好放個假，因爲再過來就要開始一一拜訪客戶，甚至要出國去出差了。

一大早起床，把許久沒有騎出門的自行車好好整理了一下，然後換上車衣，外面陽光正好，出門騎車運動，一個人可以好好獨處，騎進山裡欣賞風景。

他也很久沒有跟客戶或車友一起騎車了，但今天想要自己一個人悠閒騎車，最好也不要在路上遇見任何熟識的人。

騎著自行車一出門，就像衝出平常罩住他的玻璃罩一樣，他往住家附近的郊山開始騎，一路像是脫韁野馬狂飆，他覺得快樂極了。如果死後沒有上天堂而是到地獄去，如果懲罰是一直重複做一件生前做過的事，那麼他希望是重複不斷的騎單車。

#263個早晨

他還在單車上，只是不斷往住家的反方向去，中間除了休息吃飯，他都在單車上。他不想下車，他有種想一直騎到世界盡頭的念頭。只是這個世界並沒有所謂的盡頭。還好沒有下大雨，只飄了些小雨，他就這樣一直在路上，就是有點想睡了。

路邊遇見一家咖啡館，看起來還不錯，下了車進去喝咖啡，吃早餐，「不停下來不行，如果騎到睡著，就會出事。」他清楚自己身體的極限在哪裡，該休息的時候，也不能不休息，免得翻車在路上。

一身臭汗味，他進洗手間洗個手、抹個臉，出來點了雙份大早餐，四顆蛋、二塊牛排、四片吐司、兩份馬鈴薯沙拉，最大杯的黑咖啡，然後坐下來，慢慢的吃。

這早餐美味極了，他邊吃竟然邊笑起來了，這是陽光的味道。腦中念頭一閃，想起N，他抬頭看看櫃檯那裡，是否有N的影子？當然不可能有，N現在應該在她的辦公室裡打著業務報表，或者應付客戶的刁鑽問題吧？

但他看見了櫃檯有位長髮染成鮮黃色的女生，正在櫃檯後面的鐵板上煎牛排，他想，這陽光的味道，就是因爲這長髮妹的原因嗎？

吃完早餐，喝完咖啡，精神來了，他牽起單車，走到櫃檯前付錢，「我吃的早餐是你做的嗎？」他對著那位金黃色長髮的妹妹問。

「不是喔，是我老闆，我只是負責翻動食物，免得老闆煮咖啡時，食物燒焦。」

然後老闆在旁邊揮揮手：「你的一共580元。早餐還好嗎？應該是好吃的吧？」

是一位頭髮也染成金黃色的男生，大概比他年輕個10歲吧？

「很好吃喔，有陽光的味道，謝謝你做的早餐。」然後把錢遞給老闆。

「從哪裡騎過來？看起來騎很久了耶？你的背後都是沙，昨天晚上下小雨嗎？」店老闆大概也常騎車，知道一下雨，細雨跟細沙就被後輪絞到背上。

「是啊，還好沒變成大雨。」他笑著回答，跟不認識自己的人聊天，有種不受拘束的輕鬆感，像在溫暖的微風裡面站立著，很舒服。

「等下往哪騎？要陪騎一段路嗎？」老闆很輕鬆大方的提出邀約。

「好啊，現在可以嗎？」他不想在地面耽擱，想要繼續踩在自行車上，那種踩在踏板上往前運行的感覺，就像上癮一樣，讓人不想停下來太久。

「沒問題。」不到兩分鐘，老闆從櫃檯後面的暗門牽出一台車，車帽也戴好了，沒換上車衣，穿了一雙布鞋，就跟他一起出店門。

「隨便騎？」老闆問。他點點頭。

然後店老闆帶頭先騎了一段平路，就往附近山路騎，他跟上，這段山路邊開滿了矮叢灌木的黃色小花，花名他不清楚，但是他喜歡這條路。

一起騎車的人，通常沒什麼話，就是騎車，默默享受沿途風景以及那種騎車的自由度與暢快的運動感。騎到高點，路邊休息，才坐下來喝水，拍照，聊天。

也沒聊什麼，隨便聊。

老闆說那間店面是他爸爸留給他的，他回家開店，可以順便陪年老、行動不便的媽媽，也不用賺什麼錢，夠用就好，忙完了就騎車，舒服。

他滿羨慕年輕店老闆這樣單純的生活，但是如果自己眞有這樣的機會，他不知道自己會不會願意過這種小日子。

然後兩人騎車下山，互相揮手大聲說再見，他又繼續往與家相反的方向騎去，他還不想回家！

#262個早晨

昨晚在民宿沖個澡，把車衣洗一洗，早上醒過來，車衣剛好也乾了。太陽還沒出來，他就在民宿喝了咖啡，吃完早餐。天際亮起微光，然後轉變成非常淡藍色的天空、很白的雲，他就在這樣的天空下騎車，沒有什麼想法，繼續往前騎。

#261個早晨

在單車上第四天了，今天也許會下雨，他通常都會帶防風、防潑水的單車風衣，也不用太擔心。

手機這幾天很安靜，只有少少幾封email進來，是Avery把處理好的訂單進度發給他。還有即將出差的行程已經安排好，要預訂機票、車票的事情也都排進行事曆裡，發mail給他。

這樣email他不用急著看，因爲他跟Avery已經非常有默契了，不用他特別擔心，Avery已經可以把事情全部都做得很完整，有時候甚至可以說完美。

#260個早晨

他想回家了。

本來昨天都還打算繼續騎下去，但他昨晚在這家民宿房間裡，看了提供給旅客閱讀的書本《失落的愛》後，就決定回家了。

書本是女作家莎岡（Françoise Sagan）寫的書，他不愛讀書的，所以作家有什麼豐功偉業，他也完全不懂。是書名先吸引他翻閱，然後他看到那一段文字。

「你是說，不和那個男人分手？」他通情達禮的說，「他是病人。」

「如果說，我喜歡病人呢？」

我同時對自己的不誠實感到急躁。我是跟著救主而來的，在常識上應該多少加以說明才對，我卻簡單的讓它結束。

然後他想到N，想到病人其實就是自己。

然後他又打開好幾天沒有關心的社群訊息APP，微笑小姐傳訊息給他，還有一段語音，跟他說有個歐洲線客戶可以介紹給他，這樣她們公司就可以不用直接面對客戶，避開處理交貨細節的麻煩，有錢一起賺。

但其實他打開訊息APP，是想要找到N的訊息視窗，他拍了一張他跟自行車，還有大片稻田風景的合照，然後傳送出去，訊息還是被擋下來。

他不太清楚每次看到訊息被擋下來的符號，那個驚嘆號！還有發給N其他的訊息

APP，視窗中連續一長串的圖片及文字已讀不回時，到底他的心情是什麼？

有一點痛嗎？還是茫然？

看著眼前這一片美麗的景緻，他是有感動的，但卻沒有人可以分享。即使貼上社群網站，任何其他人的回應，對他來說，都像玻璃罩子外面的東西打在玻璃上，完全沒有感覺，一點高興、有趣的感受都沒有。

他想回家了。

不是因爲那些公事，而是他很清楚明白N在城市中忙著，他可以想像N工作的畫面，即使見不到N、碰不到N，但至少他跟N在同一座城市裡。

至於這是不是愛？他無法分辨。因爲他就是那位病人。

這點，他更加清楚明白。

#259個早晨

這幾天出門騎車，完全是毫無所想、沒有目的地，意外的有了與自己獨處的時間。原本以爲自己回到家，會生出一股面對生活的新動力。但是沒有！因爲一回到家，進門就看見老媽又坐在他的客廳沙發上發呆。他老爸果然難以遵守諾言，又跑去小女友家過

夜了。

他氣憤填膺的打電話斥責老爸，叫他那無法控制自己行爲的父親立刻過來，把老媽接回家。他對著他父親大吼，把他母親嚇到了，母親抱住父親、保護父親，攔著他繼續對他父親叫罵。

他覺得無力透頂，到底，有沒有人是跟他站在同一個平面上的？連他的母親也不跟他站在一起。

他全身軟綿綿的躺在床上，他累壞了！一堆訊息進來也無力回覆。他躲進窗簾緊閉的暗黑房間，他那張大床上厚厚的棉被裡，他需要好好再睡一整天。

#258個早晨

必須振作起來，即使他還是想躲在被窩裡，但他得振作起來，一大堆事情在等他去執行，而那些事，也是他自己找來的，否則他今年應該可以放長假去旅行了。

他渾身臭味的踱步到浴室，沖洗好幾天來騎車在路上沾到的塵土、雨水，以及他自己的汗水，還有昨天的淚水。

他在浴室沖了很久很久，終於覺得全身像白玉一樣乾淨，才走出浴室，踱步到他的開放式餐廳去做早餐。

一邊煎蛋、烤麵包，一邊打開手機，幾百條訊息未讀，Avery完全沒有打擾他，除了訊息，Avery沒有打電話催促他回覆，這個世界懂他、願意跟他站在同一個平台上的，大概就剩下Avery了吧？

咖啡、煎蛋、切片火腿肉、煎牛排、酪梨鮮蝦沙拉，他要餵飽自己，好好補充能量。

然後進房間，穿上淡藍色的襯衫配金屬灰領帶、深灰色西裝褲，他看看鏡子裡的自己，有蛻變成什麼不一樣的人嗎？沒有，仍然是那個舊的殼、舊的靈魂，一週的單車旅行休假，只是假想會變成另一個人，讓自己有繼續前進的動力，但其實一切都只是妄想，不是嗎？

他嘆口氣，出門。

留下餐桌上沒有時間洗乾淨的咖啡杯與早餐盤。

#257個早晨

這將會是充實的一週，昨天在公司跟Avery討論未來的工作安排，Avery的計畫做得

很詳細、也很完整，可能因爲擴展歐洲市場這個計畫她有參與，所以很清楚整個工作的輪廓。他們兩個輪休，在兩人假期都結束後，才會正式開始進行歐洲市場計畫，他的假休完了，現在換Avery去休假了。

至於這爲何是充實的一週，原因是他準備趁Avery休假期間，好好跟廠商們打一輪高爾夫球，順便把議價的原則再討論一遍。

#256個早晨

這個球場早上的風特別大，雖然球場旁的大樹有把強勢的風削弱，但風勢還是太難對付了。球場選錯，打球的人不開心，顯然事情也不好談，只好又加碼下午請廠商去溫泉區泡湯，反正這週的工作重點不在處理進出貨跟庫存問題，即使Avery不在也不用進公司。

#255個早晨

早就想跟微笑小姐還有她的新歡工廠老闆，一起打球。

他特別挑了一套暗沉的球衣，盡量低調隱藏自己的存在，因爲今天主角是那位工廠老闆，他怕這位老闆多少知道當初微笑小姐與他之間發生的尷尬事情，爲了避免興起工廠老闆雄性動物的競爭，所以他蓬頭垢面穿著舊球衣出席這場球約。

微笑小姐打扮得非常時尚，自從跟了這位老闆後，身分地位大幅提升，連衣著打扮也都不同了，他看過很多這樣的女生，也不能說她們愛慕虛榮，應該是說她們找到符合自己擇偶條件的人生眞愛。

球敍很愉快，微笑小姐始終是處理人際關係的高手，打完球，微笑小姐已經說服自己的另一半把所有處理起來比較麻煩的客戶，通通轉給他負責，這樣其實他除了跟這家工廠合作歐洲訂單之外，還從他們手裡拿走了其他市場的客戶。雖然都不是很大的客戶，但也很充實。

處理難纏的客戶不是問題，主要是工廠的交貨時程要正常，品質要達標而已。

倒是他心裡隱約擔心，到時候微笑小姐供貨時，會不會在價錢上刁難他。

這件事他不想臆測，實際眞的訂單來時，才清楚合作的誠意在哪裡。

微笑小姐隨時可以報仇，他有心理準備。

#254個早晨

要做歐洲市場，他一直想避開與那位18歲Tammy單車妹妹有關聯的公司，因爲她說哥哥就在他們公司的歐洲線大客戶那裡工作，而且還是地位重要的採購業務。還有這間公司還跟大茱有關聯，雖然大茱原先在東南亞線市場，但自從他好好的整治了大茱以後，他跟Avery都忘記去調查大茱調到哪個部門？萬一不巧在歐洲線，就完全失算了。

所以後來他跟Avery在佈局歐洲市場時，一直在探聽大茱會調到哪一個部門？但最後聽說她離職了。雖然聽到這個消息，他們鬆了一口氣，但是偶而，想到大茱，他會突然緊張一下，深怕在其他公司不期而遇，對他來說，不可控制的狀況，簡直就是突然跌進高山深谷，會嚇到手腳發軟。

今天約高爾夫球敍的這家公司，是他跟Avery之前沒有接觸過的，也不在公司的廠商名單資料庫裡，是Avery查到這家公司口碑不錯，陌生開發而來的，之前拜訪幾次，相談甚歡，但是沒有近距離與窗口業務好好深談過，也不知對方的底，約了打球就是想好好了解彼此，弄清楚以後合作的默契在哪裡。

對方帶來的女伴，當場讓他魂飛魄散，就是大茱！他一直擔心自己沒有預測到這場歐洲賽局到底有沒有遊戲漏洞？現在知道了，漏洞就在這裡！

一開始，他假裝不認識大茱，跟對方寒暄後，還假意問對方，這位女士是他的女朋友嗎？還是老婆？

大茱一慣的眼神尖銳、嘴巴也很銳利的回他：

「Peter，你忘記我了？我是Simon的主管，不是他的女伴，今天打球是Simon要我來的，說是新客戶。我告訴他，我早就認識你很久了！」

他一陣尷尬笑容，「我是保持禮貌啊，不知道你是不是喜歡別人知道我們彼此認識？」

現在他很清楚，需要一個地洞鑽進去是什麼樣的心情了。他感覺自己正在咀嚼一塊上面黏滿蒼蠅的蒼蠅板，而且這塊蒼蠅板絕對不會變成起司，他不想吞，但是來不及了。

#253個早晨

他睜開眼睛，發現自己倒在一堆酒瓶裡，翻個身，竟然從一張沙發上掉到地上，重摔一下，他有點清醒了，地板鋪著厚厚的地毯，有可怕的香水味。

這是大茱的家，他再熟悉不過了。

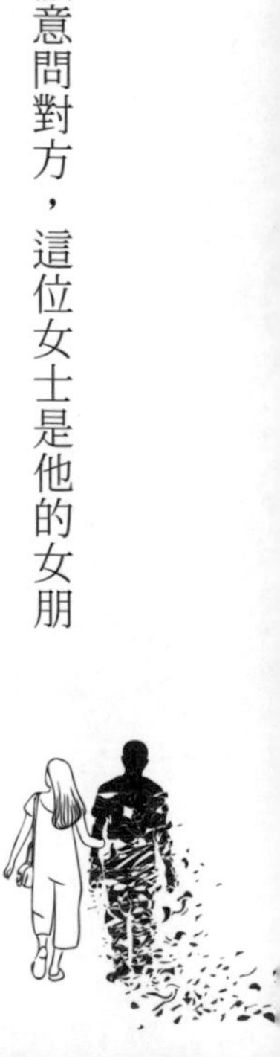

他昨天做了什麼？喝太多斷片，已經有點不記得昨天晚上發生什麼事。

突然覺得有點想吐，起身到浴室裡抱著馬桶開始吐了起來，然後他聽到大茱房門打開的聲音，他趕快擦擦嘴角旁的嘔吐殘渣，慢慢站起來。

大茱已經走到浴室門口，看著他，他跟大茱雙眼對望，那是一種對彼此都絕望的默契，他忍住想乾嘔的身體反應，而大茱則是忍住想要讓他消失的嫌惡情緒。因爲他們是同一種人，他們太了解彼此了。

但是也許迫於習慣，或是基於禮貌，大茱還是做了早餐給他，熱咖啡確實有穩定情緒的作用，胃暖之後，他看著大茱不會再有想嘔吐的感覺。

「我看了你的歐洲市場計畫，對我這個部門確實有很大的幫助，以後你就直接對Simon吧，我不一定會在這家公司待很久。我個人試用期的績效，公司沒有很滿意。加上進這家公司前，外面的風評不是很好。」

然後她乾笑：「這都要歸功於你！Peter，我眞的不知道該拿你怎麼辦？」

他尷尬的假笑：「也許我應該去做中東市場，這樣絕對不會影響到你。」

大茱的伶牙俐齒與銳利眼神再度出現：「你不可能爲了我或爲了誰改變什麼！看看吧，等我在這家公司過了試用期，也許我來請調中東市場比較實際點。」

然後大茱轉身，進房間前對他說：「吃完就走吧，我要去睡個回籠覺。」

他鬆了一口氣，原先他以爲大茱會邀請他進房間，對他說：「進來吧！」禮貌性的把杯盤快速清洗乾淨，他覺得自己似乎是夾著尾巴逃出那裡，那座他心裡的蜘蛛城。

#252個早晨

他傳訊息給Avery告訴她，他與那間新的歐洲線客戶球敘的狀況，然後告訴她，很不幸的，大茱是那家公司歐洲線的業務處主管。

Avery在休假，回覆得很慢。

她先是傳一張女友穿比基尼跟她穿運動短衫合照的照片，然後評論大茱的事情：「不用擔心吧，她的副手我來負責，你休假期間我已經跟他喝過二三輪，可以攻陷的弱點太多了，不用擔心。」然後外加一個大笑的表情包。

看到這裡，他放心了，心情像患有憂鬱症的人突然開心起來一樣，他對著電腦傻笑，然後在小辦公室坐不住，自己去茶水間弄了一杯咖啡。

心情輕鬆起來，好像才有餘力看清楚周遭景象，他在從茶水間走往自己小辦公室的

路上，遇見了一位長髮染成淺黃色的女生，髮色跟他休假騎車吃早餐的那家店裡的女店員一樣，然後女生左轉走進自己的座位，他走過去想看清楚她的長相。

女生低著頭，他故意跟她借支筆，女生抬起頭，笑著把一隻黑色鋼珠筆拿給他。

「可惜不是、也不像，長得大家閨秀多了。」他心裡的大太陽，暗了好幾度。

「謝謝，待會還給你。」

然後下班前，他都沒有還給那位女生同事他借來的筆，他把筆放在Avery桌上，留個字條，請她休假回來幫他拿去還。

他很懷念那幾天一直騎在自行車上的短暫休假，那種與自己靈魂獨處的時間，顯得異常珍貴。而那間早餐店，那位陪他騎一段路，頭髮染成金黃色的老闆，與那位只有兩句話交談的女店員，這些短暫的連結，讓他覺得有種躺在溫暖的沙灘上曬太陽的感受。

然後他打開手機訊息，打了一段文字，關於他休假騎自行車的心情，然後送出。N的訊息視窗，一如往常，已讀不回、另一個訊息app繼續出現「對方拒絕接收訊息」的驚嘆號！然後他的心情又暗了下來。

#251個早晨

Avery休假的這一週，他也沒什麼事情可以做，把產品看了一遍，彼此合作的廠商也過濾一遍，實在沒有什麼實質要執行的工作，他覺得自己應該可以輕鬆一下。其實他就算都不進公司沒有請假，他的總經理也不會太在意，因爲只要業績有完成，總經理對他很放心。眞的因爲私人原因不進公司，請假是必要的職業道德。但是Avery不在，一個小單位兩人都不在公司也說不過去。猶豫了很久，最後他還是決定不請假，直接溜班吧！

把單車再整理一下，他又騎車出門了。他要去那間早餐店吃東西。有某種情緒牽引他，就像是季節到了，樹葉一定會變色，風中的味道會因爲某種花開而改變之類的情況。

但是興沖沖大老遠騎到那家早餐店，店門口卻貼著：「本店公休兩日，造成不便，敬請見諒。」

他心中那股歡欣鼓舞的感覺一下子消失不見，整個背脊突然冷了起來。

肚子有點餓，只好找了一家附近的麵店吃東西。

大碗餛飩麵加上一顆滷蛋，再被老闆推薦一下，切了一大盤滷味，反正他也很久沒有吃這類食物。熱熱的湯麵，灌滿胃，他覺得全身都溫暖了起來，彷彿有一絲絲的陽光

又照進他身體某一處需要陽光的地方，他不確定那是身體哪個角落，但現在他覺得很開心。

麵快吃完，正舉起湯碗要把剩下的湯都喝光時，旁邊有人拍拍他的肩膀：

「你怎麼會在這裡？今天來附近騎車？」是早餐店老闆。

「嗨，這麼剛好，我本來想去你的店吃東西。」他無比開心起來。

「阿呀，今天剛好公休，那等下去店裡喝咖啡？我烘了新的咖啡豆喔！」

「當然好啊，等我喝完剩下的湯。」說完抬起下巴把碗裡的湯喝完，他已經很久、很久沒有在外面好好的吃一碗湯麵，這碗湯麵對他來說，是好一陣子以來的人間美味。

然後跟著金髮的早餐店老闆到他店裡喝咖啡，也許是因爲剛才吃了那碗湯麵，心情很好，連這杯咖啡也非常香醇。

他跟店老闆兩人聊附近的自行車道，談到那條十五度以上陡坡的路，路上風景不錯，還有一條坡度只有五到六度的路線，風景也很好，但坡度上上下下，路上野狗也多等等。關於自行車同好的話題，沒有任何雜訊，暫時可以忘卻工作壓力，還有生活中所有的不順。

因爲騎單車就是內心獨處的時刻，卽使車友相伴，但是騎乘時，眞實踩踏的身體不斷提醒大腦，或者該說是大腦不斷提醒在踩踏的身體，當刻當下，要對自己專心、同時對自己負責。

聊著聊著，兩人都腳癢了，關上店門、騎上車，他們兩人決定要去騎那條坡度十五度以上的路線，今天陽光燦爛，時間還早，挑一條最難的路線，挑戰一下自己的心肺功能，訓練一下身體核心肌群，絕對沒錯。

#250個早晨

如果昨天是烈日高照，那麼今天就是烏雲外加狂風暴雨。

因爲他昨天回到家累到一碰到床就睡著，當天來回的單車騎乘實在太累了，而且長時間專注精神在單車上，他是身體累、精神也累。

可惜一大早，母親又來了。

有時候，他會問自己，他的人生問題是否就是他的母親？

因爲老媽自以爲婚姻幸福，是因爲她常常刻意忽略老爸的外遇問題，可是當老爸出門超過兩天沒回家，她才又意識到，她的丈夫始終對她不忠，雖然老爸平常對老媽溫柔體貼，每天牽手陪她去買菜、逛街、喝下午茶，晚上幫忙洗碗、做菜、收衣服、疊衣

服……，各種家事一手包辦，但他的父親就是不肯放棄在外面捻花惹草。

如果母親不願意離婚，那她就要意識到自己必須忍受她先生的行為，但是他的母親並沒有自覺，那就像母親的感冒一樣，每個月發作一次，一發作，她就來打擾自己的兒子。

而母親的情緒，就是他的情緒，一大早再度爆發，他又打電話去給他老爸，狂暴譴責一番，然後轉頭替母親準備早餐，他隱忍著自己想對母親說的話，那就是：「以後可不可以不要再來打擾我了？我也有自己的生活與煩惱，以及我應付不了的事情。拜託你對自己的行為負責，你跟老爸的事情，你們自己處理好，可以嗎？」

但他說不出口，他不想對自己的母親殘忍。

水煮蛋煮好剝殼，他把烤吐司抹上花生醬，咖啡端到母親面前：「我要趕去公司了，你自己在這裡可以吧？」

他母親面無表情的點點頭，既然老媽點頭，那就表示應該沒什麼大問題，他可以放心，所以他抓起公事包就出門了。

「『要去公司上班』，在這種時候，是最好運用的藉口，不是嗎？」他對自己說。

否則他本來打算跟很久沒一起騎單車的客戶，去騎附近的郊山。現在只能忍住騎單車的慾望，乖乖進公司把一些文書類的事情處理一下。

還有，爲了花更多時間在公司，他把微笑小姐移轉給他的客戶都先建檔。這樣其實是在做Avery的工作，但是不做這些事，他又不知道今天一直待在他的小辦公室裡的意義在哪裡？

#249個早晨

Avery終於休假結束來上班了。他隱約發現自己越來越依賴Avery了，如果工作中沒有Avery，不知道會發生什麼事？會不會他連工作的動力都沒有了。

#248個早晨

他對於Avery的防衛心，幾乎已經全部卸下。經過這一陣子歐洲市場佈局的合作，他從完全不想讓她知道，到中間爲了搜集市場資料，開發客戶群，不得已必須讓她了解他正在做的事，到完全讓Avery參與，她已經成爲工作的合作夥伴，而不只是他的助理了。更何況，很多人際上的難題，例如大茱，她都可以代替面對與解決，很多事情，他沒有Avery不行。

兩人都休假完，開始要衝工廠的生產量，並且要專心對客戶諜對諜了，今天他把工作分配做成一張表，把需要帶Avery一起出差的客戶都列出來，他不再因爲防衛心把Avery放在公司單獨去面對客戶與廠商，需要一起出門去對付的客戶，就聯手出擊，他希望這樣有助於業績成長，也讓自己的部門壯大，這樣Avery就能升遷，成爲小部門的主管，而他給自己的安排是成爲歐洲市場的大主管，也許甚至威脅到他現在的總經理。

而把Avery推出去，除了心裡有一絲可以輕鬆點的想法，還多了想要騰出更多時間去騎單車的想望。他時刻會想到那家早餐店，與店裡的老闆跟金髮店員妹妹。他心裡多少有點清楚，那天他一個人騎車，孤單寂寞的在那間早餐店吃早餐，突然遇見不問過往、不想未來，可以一起單純騎車的朋友，對他來說，是生活中多麼珍貴的禮物。

#247個早晨

母親回家了，可能父親又乖乖在家當退休老頭。

Avery把今天的客戶拜訪時間表排得很緊湊，工作充實讓他感到有一種安心穩定的包覆。所以他才一直是個工作狂吧，其他充滿日子裡的親情、友情、男女之情，常讓他感到非常多餘而且令人頭痛。

因爲那些情緒都是無效的、無可評量的、非實質的東西，但卻要辛苦維持，與他的工作完全無關，他不知道要用什麼東西來維持，更多的物質給予、還是更多的妥協與退讓？就像他辛苦維持保護的父母之情，還有他稍一不留意率性而爲，就失去與N的關係，這段他唯一想要長期維持的關係。也許是他的方法不對或是觀念不對，但不管如何，要拉鋸維持那段關係太辛苦了，甚至讓他無法正常生活。他覺得這些屬於「感情」的關係，都讓他頭痛。

#246個早晨

今天完成了兩筆訂單，一筆金額很大，一筆中等。他跟Avery覺得這樣平穩進行，預估這一季業績應該可以讓他們大老闆很滿意。

所以他們下午就原地解散，各自溜班去了，他慢慢覺得Avery可能跟他是同一種人，所以兩人相處融洽。另外，他覺得Avery對於人性，有時候甚至看得比他清楚，所以她更明白出什麼招可以克制住難搞的客戶。

他好像拿到一張王牌，不需要用男女之情維護兩人關係，也不用稱兄道弟的很辛苦，他們就像雙生火焰，彼此都懂對方要什麼。

但其實，他知道自己一點也不了解Avery，他甚至不清楚Avery的興趣、娛樂，下班都在做些什麼？

他只看過Avery建檔在公司的人事資料，獨生女、父母健在、家中環境不錯，父親是退休高階公務員，就這些資料了。原因在於，他平常只關心自己吧？他最愛的人，就是他自己，他很明白。

他對自己說，這沒什麼錯，俗話說：「要先學會愛自己，才懂得愛別人。」不是嗎？

#245個早晨

昨天他跟Avery約好今天早上一起吃早餐，然後開一部車去拜訪微笑小姐。這一季有許多微笑小姐工廠轉過來的客戶下訂單，但是每一件商品的單價就要好好討論了。原先工廠給客戶的單價現在要在他們公司過一手，要漲價還是壓低工廠出價，他們得要一起好好討論了。他希望討論的結果是彼此合作，而不是攻防。

Avery一到工廠就非常巴結微笑小姐，「聽說姐以前是公司總經理最信任的幕僚，今天終於見到本人。」

微笑小姐開心的大笑，一旁的工廠老闆好像完全臣服在微笑小姐的掌控下，對於所有事情都以微笑小姐的意見爲主。

討論一早上，其實沒什麼結論。可變動性太大，但至少雙方都有互讓一步的想法，這算是共識。就可以接受漲價的客戶，就小漲，同時壓低一點出廠價，雙方獲利。不能接受漲價的客戶，就以量制價了。

兩種情況都無法接受的客戶，他們公司就跟工廠收個比稅金高一些的服務費，作爲交貨服務。這是一開始微笑小姐把客戶都轉給他們的原意，工廠不再煩惱交貨的業務，同時可以精簡一定的工作人數，算是皆大歡喜。

今天算是工作順利的一天。但對他而言，好像也沒有哪一天是不順利的，只有之前他自己因爲工作上招惹的那些女生，讓他不順利，他自己也檢討自己的價值觀與工作觀念，完全走偏門了。現在這樣跟Avery合作夥伴關係，讓自己更能享受工作的樂趣。

但回程路上，才下一秒鐘，他又想起N，胸口又有一絲針尖刺過的感覺，大腦彷彿失去意識般，突然又渾渾噩噩，心情沉重了起來。

他把手機拿出來，但Avery在開車，他坐在旁邊，怕Avery看見，不能傳送訊息給N，他只好打起電動來了。

#244個早晨

也許昨晚窗簾拉得太厚重了，沒有光線照進來，讓他快睡到中午才起床。醒來才驚覺：「糟了！今天早上有客戶要去拜訪。」打開手機，Avery來電未接好幾通，他打開訊息，Avery留話：「老大，你怎麼了？客戶約好不出現不行，我先出發。」

那是早上九點的訊息，現在已經十一點多，趕去已經來不及了。

他繼續躺下，雙手舉高，手機拿高面向自己，用奇怪的姿勢看著社群媒體，心裡奇怪，也不過是一早個上，就湧入幾百則訊息，他點開，看看大家都貼些什麼多餘的圖片跟言不及義的文章。其實幾乎每天都是這樣，這些人都是如何過生活的？

他到今天才突然好奇起來，從發出早安圖開始嗎？還是一定要發一則個人認爲重要的財經新聞或健康生活守則之類的，這樣才能打開一日行程表？

然後他回Avery訊息：「也好，有狀況再告訴我。傍晚一起喝咖啡談一下客戶需求。」

#243個早晨

Avery搞不定那些南部的工廠老闆，那些不大也不小的中型工廠老闆，基本上都是些牛鬼蛇神，Avery女性那份秀氣，還藏在身體裡，她沒辦法應付那些人種。

他想著，工廠端他自己去搞定就好，但是Avery不想認輸。

所以今天他帶著Avery一起南下，請這些難纏的老闆吃飯。預計一天一組工廠人馬，Avery很努力陪喝，只是有些遊戲她還是玩不起。

去三溫暖按摩、唱歌還有陪酒女伺，並不是談訂單規格的必要行程，但是工廠老闆就愛出招刁難Avery，一定要邀請她去參加。

他慎重考慮著，是否要刪除幾家喜愛腥羶色遊戲場的工廠，不過這種動作，要慢慢來，現在還是得好好伺候這些工廠。

#242個早晨

昨天的夜晚娛樂，沒有嚇跑Avery，他竟然有點爲Avery感到驕傲。是怎樣的狀況？他問自己。他應該是開始把Avery當成自己的妹妹或弟弟在照顧了吧？

這樣到底好不好？這一點也不像他自己。

他對著飯店鏡子搖搖頭，然後到飯店餐廳去吃早餐，跟Avery會合。

#241個早晨

這算是第一次跟Avery一起出差超過一天，一直都是當日來回的行程，這一次要跟工廠稱兄道弟，就必然會多花一點時間。

昨天晚上最後一場，還算一切正常，因爲一起吃飯的工廠第二代，顯然作風新穎，跟他及Avery的三個年輕人性格相近，相處起來輕鬆愉快，他們昨晚在有現場演唱的酒吧聊天，他跟Avery決定多轉點訂單過來，這樣就可以少應付一些興趣怪異的工廠老闆。

但副作用是，工廠小老闆回去以後，他跟Avery繼續聊得愉快，竟然把自己的私事也跟Avery聊開了，他對Avery說了他與N的故事。

早上起床才發現這樣很糟糕，他可以預想，這樣多少會影響他與Avery上對下、下對上的相處模式。還有，他平常把自己隱藏得非常好，不會有人清楚他心裡眞正的想法，雖然他很明白，他就是個價值觀非常膚淺的人。但不了解、看不穿他的人，會一直以爲他是那位優秀的業務代表，聰明絕頂、性格明朗、品格優異。

現在，也許Avery也看穿他了。

#240個早晨

早上起床就收到Avery傳來的訊息，訊息內附了一個連結，是N的社群平台，問題是他連上網後什麼都看不見，因爲他早就被N封鎖了。一早就有失落的感覺，他走到吧台弄一杯很濃的咖啡給自己。

他很清楚自己爲何不直接衝去N家按門鈴，或者直接去N的辦公室樓下等她下班出現，然後好好談一談。因爲他的自尊大過這些衝動，他不容許自己在男女感情的事情上失控，迂迴請N的閨蜜幫忙也已失效，這是他自己該承受的後果。

但他還是分辨不出這算是愛嗎？還是因爲這是一段他想要繼續持有，卻得不到的關係？

#239個早晨

其實如果認眞搜尋一下，他還是可以看見N的訊息。他只要去N閨蜜們的頁面，就可以看見這些閨蜜聚會、出遊、吃吃喝喝的照片，裡面有時候就會出現N，他可以看見N穿什麼衣服，笑得開心，還是笑得勉強？魚尾紋深了一點，還是最近有去做醫美？

說不了解N，但這些關於N的小事，他還是多多少少淸楚一點。

今天早上他就看到N的照片，穿件白色薄紗長袖襯衫，一如往常配上長褲，合身的長褲是淺綠色，配上一雙淺灰綠色的橢圓鞋頭的平底鞋，看起來精神很好。他多想現在就把N抱在懷裡，但偏偏這是他無法控制的事。

無法控制的事情，也是他最不想深入進行的事情。

#238個早晨

他不知道是Avery的EQ比較高，還是他漸漸接受Avery，工作裡已經習慣有她把事情都安排好，慢慢的，他已經把私領域的生活也跟Avery的混在一起。

例如上次她們養的狗突然急性腸炎，Avery要去獸醫那裡跟女友會合，他會順路載她過去，然後自己去拜訪客戶。今天，他甚至願意幫Avery把快遞到公司的狗糧搬到她們車上。

如果是以前，他應該不會願意做這些事情，但現在，他竟然是心甘情願的，爲什麼？他自己也搞不懂。

#237個早晨

平靜一陣子後，母親又出現在客廳裡了。頭髮沒染、皮膚乾燥都是皺紋。

他覺得自己已經神經緊繃到極限了。因爲這種情形今年特別嚴重，他分析自己的感受與母親的行爲，他猜，他的老媽也早已到了忍受的極限。

淺意識裡，母親沒辦法再容忍老爸的行爲。

他竟然想找Avery來幫忙，請她幫母親染髮。他遞給母親一張面膜，對她說：「媽，你要保養，青春貌美，老爸就會更乖。黏住你不離開。」

他戴上討好的笑容，順勢幫母親敷上面膜。其實他更想請母親到房間去睡覺，他眞的不想看見母親這樣，那也是一種可怕的無形壓力。

但，壓力好像稍微緩減，因爲Avery眞的來了。她跟女友一起來，還帶了一堆道具，他看著她們幫母親染髮、精油按摩手臂、頸部，母親笑得很開心。

然後對他說：「我當初應該生女兒的！」

這樣好多了，有人可以分擔壓力。

他坐在旁邊追劇，喝著啤酒。一派輕鬆極了的姿態。

但他心中隱隱感到擔心：「我的私領域就這樣毀了。不會有什麼後座力吧？」

#236個早晨

母親繼續睡在客廳沙發上，他不動聲色的傳訊息給他老爸，提醒他出門時間太長了，該回家了。然後做早餐給他老媽吃，他一直勸母親可以把注意力放在外貌上，別把目光整天放在自己先生身上，誰都受不了這種壓力。

然後他對母親提議：「媽，你要不要認眞考慮去Avery介紹的醫美看看，先去打個肉毒，或者先去染眉毛，這樣以後化妝方便多了啊，早上起床照鏡子也覺得神清氣爽。」

他母親不置可否，於是他傳訊息給Avery，請她幫他母親約時間。

#235個早晨

Avery早上放了一份早餐在他桌上，他用眼神對她提出疑問，她挑起眉毛回他：「早上跟她吵架，她不肯吃我買的早餐，我也吃不下雙人份，一份請你幫忙，還可以吧？」

他無奈點點頭，然後打開早餐乖乖地吃掉了，雖然他在家已經吃過老媽做的早餐。

他沒多問Avery跟她女友吵什麼？這不是他該多問的事情。

#234個早晨

Avery還沒進辦公室，她的女朋友先來了，在她桌上插一盆花，然後放下早餐、留張字條。回頭對小辦公室裡的他微笑，然後帶一杯咖啡進來給他：「幫我跟Avery說我今天晚上會回家。謝謝喔。咖啡請你喝，是水仙品種的咖啡豆煮的喔。」他無奈地點點頭，表示答應。

Avery的女友走出小辦公室，經過Avery辦公桌送個飛吻，然後離開公司，留下一條看不見的香水路徑。

他在心裡發牢騷：「現在竟然連兩人的感情世界都混進來了，眞麻煩。」但奇怪的是，心中的某一處黑洞，竟然有被填補起來的充實感。

他吹起口哨，喝著溫熱的咖啡。

#233個早晨

昨天晚上老媽回家了，今天享受一個人的早晨，心情清爽多了。

這是屬於他一個人的空間，他不懂怎麼總是有人要闖進他的空間裡，即使是他的父母也該體諒一下成年子女的心理需求吧？

他好好的享受了這兩天被老媽霸占的開放式廚房，煎魚排、小塊牛肉丁、紅黃椒，烤可頌，然後慢慢手沖一杯咖啡，坐下來慢條斯理的吃早餐。

吃早餐配手機，社群媒體逛完了，他打開放在餐桌上只讀了幾頁的書《早晨的冥想》。

跟之前一樣，隨便翻開一頁，他讀到：

你無法購買生命，你無法購買愛，你無法購買一種美感經驗，你無法購買創造性，你無法購買聰明才智——他們都是被給予的，即便在你開口之前，它們便已經在那裡了。——《早晨的冥想》〈四月九日〉

他認爲自己應該有看懂，然後他在自己的房子裡自言自語：「但我現在想買一台新的單車，等年底有空再來選車吧！」

然後吃完早餐、清洗餐盤，出門上班。

#232個早晨

Avery甚至比他懂得人性，之前他約打球局，如果是妻子在公司有職務的，他一定一起約來打球。他覺得這樣談事情，夫妻兩人都在，有事情可以一起敲定，同時女方也會感謝他尊重對方的重要性。但Avery一起衝業務跑客戶後，她建議夫妻分開約、分開談，但是約在同一天。他覺得完全不可行，但Avery堅持試試看，他同意了。

以前他一個人跑客戶，狀況單純，他有自己的策略跟想法，最討厭有人干涉，但現在竟然願意試試看Avery的方法，連他自己也很驚訝。

他們找了一組客戶來實驗。約同一天，夫妻不同球場，他們兩人等於是同步連線，隨時簡訊告知雙方的狀況，得出來的結果還不錯。

但這樣的方法，只適合小型客戶，有規模的客戶，公司反而有制度，也不用這樣燒腦用計謀。

他隱約感覺自己正在被Avery帶往一個他無法控制的方向，他有點擔心。

#231個早晨

他常常在偷偷觀察N工作的那間公司，隨時注意他們的業績狀態，努力衝刺哪些

客戶等等，這些可以從這間公司的官網上看到的新聞消息、業務之間口傳的業內資訊等等，他覺得這樣可以跟N有一點連結。當然如果有N的個人消息，那就更棒了。N雖然不是業務，但卻是後端服務窗口，人緣很好。總是會聽到某家業務誇讚她溫柔細心，最近又變漂亮了，今天跟別家公司業務聊天，還聽到令他驚異的消息，就是N去讀EMBA了。這些他完全無法掌握，卻非常在意的資訊，當他聽到這些事情時，總是會有一種心臟突然感到酸痛的感覺。

當然，不清楚他跟N曾有一段的人，會滔滔不絕地在他面前誇讚N，而稍微有點聽聞的人，則是會稍做修飾的提起最近與N共同在處理的相關業務。

他不太明白自己爲什麼要這樣在意N，他只是覺得N比大部分女生甜美，相處起來沒什麼壓力，事實上，不是只有他對N的印象是這樣，很多男業務都對N有同樣的評語。所以，他對於N的感受，也許應該不是什麼特殊的情感，可能只是因爲他再也無法控制兩人之間的關係，或許這才是他痛苦的根源？他這樣分析自己。

#230個早晨

昨天晚上一直在所有的訊息APP上發送短訊給N，訊息裡寫的是他最近的工作近況，想當然，結果是已讀不回、「對方拒絕接收你的訊息」、「你們還不是朋友，無法互通訊息」、「眞糟糕，有些地方出錯了」等等，他一會兒打開這個APP，發送訊息，又移到另一個APP傳送訊息，然後逛逛社群，尋找N的閨蜜、朋友的動態，看能不能看到N的照片，他想看看N現在的樣子，還有N今天的穿著打扮。

但都失望了，他就這樣拿著手機，東逛西看，晨曦的微光已經滲入窗台，他沒辦法入睡，只好起床。

他走到開放式廚房的吧檯上，替自己手沖一杯咖啡，然後，沒來由的，他開始痛哭起來。

#229個早晨

現在騎到哪裡了？他知道是在兩個城市邊界，但還要看下地圖才知道確切地點。他在路邊停下來，抹去偏光鏡上的灰塵跟小雨滴，把手機拿出來查看地圖。

他昨天心情完全低沉，無法負荷出門工作的日常行程，所以他選擇騎上單車出門，然後一路往他喜愛的早餐店方向騎去，路上碰到一條岔路，他想走走看不同的路徑，就往那條路騎，好像早已超過了那間早餐店，他繞了好多路，甚至騎上一段很陡的山路。

騎在陌生的路上，心裡其實有些小害怕，怕沒有按照地圖的指示，騎到不知名的地方遇見危險，但轉念又想，如果會遇到危險，哪裡都會遇見，就一路胡亂往前騎，中間在一家山上的小吃店隨便吃了一點東西，然後又在路上的便利超商喝咖啡，坐在路邊靠在便利商店的玻璃櫥窗外睡了一下，天快亮時又繼續騎上路。

現在日正當中，他的腿已經麻痺了，整個人好像失去了方向感，他需要立刻停下來休息，然後查地圖看清楚，他現在到底在哪裡？

看了手機定位，他離早餐店很遠，要一個半小時路程才會到。他昨天早就超過早餐店，翻過一座山，往早餐店反方向騎了一大段路後，清晨才反向騎回頭，簡直一陣方向混亂，否則他現在可能早就到達早餐店了。

騎行中間經過一家海水浴場，他牽車進去沖澡、洗臉，好好整理一下，把衣服、鞋子用濕布擦拭乾淨，然後繼續上路。

終於，他到達早餐店了。

前腳才踏進早餐店，看見裡面坐了好幾桌客人，然後他眼睛望向吧台，看見頭髮金黃色的店老闆笑容燦爛的跟他打招呼後，他突然眼睛什麼都看不見，然後整個人像完成使命、電池燃燒殆盡般倒在地上。

#228個早晨

他感到眼睛被陽光照得刺痛，下意識用手擋住光線，睜開眼睛，看到自己躺在陌生的房間裡。幾秒後，他想起來，他最後一刻醒著時，是在踏入早餐店那一刻，然後他就沒有意識了。

他往陽光的方向看過去，是一扇大大的窗，窗台上放了幾盆小黃花，薄紗窗簾被風吹得飄呀飄的，他笑了，然後又哭了，這多像N房間裡的那扇窗、那盆小黃花、那道金黃燦燦的陽光。

沒有人聽到他的哭聲，也沒有人進房間，他哭著哭著，又睡著了。

#227個早晨

他以爲是早晨的鬧鐘響了，但那鬧鐘聲很美，半夢半醒間，才發現那是喇叭傳出來的歌聲，「COVER ME IN SUNSHINE, SHOWER ME WITH GOOD TIME.」他知道那是女歌手PINK跟她女兒合唱的歌。張開眼睛，陽光從窗外灑進來，跟這首歌的氛圍剛好一樣。

這是昨天他睡的房間，他感到有一種非常閒適穩定的安全感，他沒有急著起身的想

法，因爲今天他不必急著起床替自己做早餐。他慢慢刷牙洗臉，穿上昨天在附近買的T恤，打開手機跟Avery請假，然後邊發訊息邊對著手機傻笑，他現在反而要跟Avery請假，簡直就是Avery才是主管，他是Avery的屬下似的。

但他自己很清楚，他沒有辦法阻擋自己愈來愈不受控制的行爲，他需要依賴聰明的Avery替他處理公事，並不是他不想做，他那麼喜愛賺錢、喜愛工作，但他慢慢覺得自己缺少了什麼？他想在工作完全衝刺之前，找到那個什麼？

梳洗完畢，他走出房間，下樓，跟早餐店老闆打招呼：「早安。」

兩頂金黃色的頭轉過來，老闆跟女店員妹妹同時對他微笑：「早安，睡得還好嗎？」

「太舒服了。」他說。然後自己到吧檯前倒杯咖啡，接過早餐店老闆遞過來吧檯的四顆煎蛋跟一大塊厚吐司，厚吐司上面塗滿花生醬。

「等一下要角色扮演一下帥店員嗎？」早餐店老闆問他。

「好啊，非常樂意。」

然後客人陸續進來，他替客人點單、送早餐，一直忙到下午二點。他覺得有一棵很大的樹根正在往他心裡扎下去，有點微微的酸痛感，他很喜歡這種感覺。

早餐店下午二點忙完打烊，他跟早餐店老闆出門騎單車，金黃頭髮店員妹妹留在店裡等補貨，露出羨慕的表情。

早餐店老闆拍拍金黃頭髮店員妹妹的頭：「明天換你出去玩，打勾勾。」

然後金黃頭髮店員妹妹聽到這句話就笑了，笑得很燦爛，跟下午的陽光一樣閃耀。

他跟早餐店老闆騎附近的郊山，沒有很陡的坡，騎起來很舒服。騎到最高點，他們在樹蔭下喝水、聊天，附近的野貓湊過來撒嬌，他餵貓咪他帶來的餅乾，貓咪舔舔而已，不太喜歡吃。他沒有養過小動物，也不太喜歡碰到路上的無主狗或流浪貓。但也許今天心情不同，他撫摸那隻貓咪，讓貓咪的頸子在他手上搓啊搓的。

「你每次來，好像心裡都有很重的心事。想找人聊聊的話，可以跟我說。」

早餐店老闆終於問他了，前兩天他暈倒在他店裡，到昨天睡在早餐店樓上房間一整天，早餐店老闆一句話都沒有多問。

「就工作壓力太大了，躲到沒人知道的地方紓壓。」

這也是一部分事實，他沒有說謊，其他，他實在不知道該從哪裡開始說，或者該說些什麼？

因爲他也不確定，他心裡的那個黑洞眞正形成的原因是什麼？是因爲N嗎？還是他

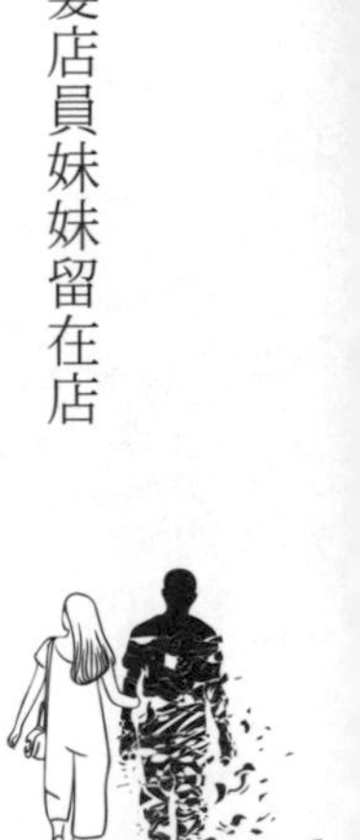

淺意識覺得自己的客廳，已經不是他的私人空間，而他的房間裡，充滿了悲傷的味道。他只能躲到遠遠的早餐店，那裡隨時都有人在，不會綁著他，不會索求他，隨時想去那個避風港，都不會落空。

#226個早晨

他起床，再看一眼那扇陽光滿溢的窗，還有那排黃色小花盆栽，然後下樓，吃完早餐店老闆幫他做的早餐，帶著早餐店老闆要他帶在路上吃的香蕉，往回家的方向騎去。騎到一半才發現今天是陰天，但是剛才在早餐店都還覺得陽光燦爛啊，這烏雲未免來的太快。

快騎到家前面的那個轉角，Avery打電話給他：「你今天一定要進公司，總經理在找你。」

掛掉電話，耳朵響起一陣嗡嗡聲，突然耳鳴起來，但耳鳴沒多久，聲音就消散了。他趕快回家沖澡、換衣服，到公司已經過了午休時間。喝了Avery幫他手沖的咖啡後，他才慢條斯理的去見總經理。

「你來啦，坐吧。有事情要跟你商量一下。」總經理一如往常，但客氣的態度裡，總有不是客氣的自然威脅，或者說是隱藏的很好權威感。

他沒有接話，只點點頭，因爲他猜得到總經理要找他談些什麼。

「歐洲線的業務，你佈局得很嚴密，我們都已經看到你的成績。但你抓得太緊了，有業務開始抱怨你踩到他們的線。」總經理看著他，觀察他的表情。

「總經理，我需要增加兩位業務助理，我跟Avery有點忙不過來了，我想我們那一個小小處的業績，足以請得起兩位助理。」

他迴避總經理的抱怨，也閃過總經理想要對他提出的問題，先反過來提出他的要求，然後他也觀察總經理的反應。

「我本來想要拆分你的處，讓Avery跟你都可以直接帶領一處，這樣就可以分散公司超過百分之五十業務量都集中在一個處的壓力，其他業務也就沒有立場再跟我抱怨了。」

他眼睛直直盯著總經理，很難相信總經理出這一招，超過他的預期。

「我們歐洲線的客戶雖然是兩人一起努力佈局完整，但其實大部分的訂單都還在我手上，很難移轉給Avery，Avery自己也清楚。如果要這樣分拆，對於公司沒有什麼好處。」他知道這樣回答，力量很薄弱。

總經理看著他，突然音量不小的笑出聲來，他認為非常沒有禮貌，但總經理的回答令他滿意：

「原來如此，了解。好吧，那不如這樣，你把手上業績量小，但又花你太多時間的客戶轉出來，這樣那些業務暫時沒有藉口可以繼續發揮。」

「是可以，但這樣我跟Avery還是需要兩位業務助理。」客戶移轉他小讓一步，但增加人手，他沒有讓步。

「沒問題，你就開始徵人吧！」總經理回答他。

「我還需要幫Avery升職等。」他另外提出要求。

「這是你的權限，等年底人力評鑑時，你自己處理吧。」

他點頭表示瞭解。

「謝謝總經理。」他站起身，向總經理彎個身表示尊重。

他快走到總經理辦公室門邊時，總經理問他：「你會不會哪一天，帶著客戶出去獨立？」

他有點驚訝總經理這樣問他，他微笑回答：「當然不會，有公司這把傘撐著，我在裡面又安全又有成就感，完全沒有想到這一步。」然後他轉過頭離開總經理辦公室。

邊走回自己辦公室，他邊在心裡想：「自己出去開公司嗎？不，太辛苦了，我在這裡如魚得水，輕鬆賺錢，還有Avery陪著我。」

最後這個「Avery陪著我」的想法，也把他自己嚇壞了。

今天，這兩件事同時讓他覺得自己的生活愈來愈不在控制中，他的玻璃罩子太小了，被迫拉起一角，一股外力正在撐大他的溫室玻璃罩。

他心裡狹小的工作路徑，突然被總經理的猜忌拓寬了。

同時，他也驚覺Avery對自己的影響力愈來愈大，大到他有點害怕會失去控制。

#225個早晨

一大早，母親又出現在他的客廳，躺在沙發上，身上蓋著外套。他猜，母親大概是昨天晚上半夜進來的。他很無奈，這樣半夜沒有說一聲，就進來睡在他家。但又能怎麼樣呢？他覺得這幾個月來，只要他稍微感到輕鬆一點，或者心情愉快一些，老爸老媽之間就出問題，老媽就會來打擾他。

但他早上已經答應一位把他當成朋友的客戶去晨跑，跑個十公里，大概要花一個半小時，因爲跑完總要跟客戶一起吃頓早餐、聊聊天，他沒辦法照顧他媽。他沒有吵醒他

老媽，穿好跑步衣服就出門去了。

晨跑回來後，母親已經醒來坐在客廳發呆。

他沒有打擾她母親發呆，進房間沖澡，然後出來到開放式廚房做早餐給他媽吃。一小片煎鮭魚、一小盤水炒蛋、半個可頌、一杯熱奶茶。他希望母親吃完早餐後，會因爲食物心情好起來。然後他可以放心去上班。

#224個早晨

他覺得生活愈來愈混亂了，或者說裡面雜質太多了。之前他的生活雜質是女人以及更多女人，現在他的生活雜質多了隨時像不定時炸彈的母親、更常不在家被小女友牽著鼻子走的父親，現在還多了Avery跟她的女友。

昨天他在辦公室，不經意又告訴Avery他老媽的狀況，Avery就堅持下班要來替母親做放鬆按摩。他有點後悔自己脫口而出，以前他會防衛任何人，不喜歡在人前提到自己的家庭私事，但面對Avery，不知爲何那條防衛長城隱形了。

他就像個長舌男，什麼話都不經過審慎思考就出口。這個月以來愈來愈明顯，而且他發現很難完全控制住自己多話。

他思考原因，會不會是因爲Avery剛進公司的時候，他不斷捉弄她，現在是補償心態嗎？想要藉由這樣對待Avery的方式，彌補自己做過的錯事？

但也或許是，其實他愈來愈信任Avery，也愈來愈依賴她。

昨天晚上，家裡的客廳非常吵，或者該說非常熱鬧。平常這種熱鬧，只有他跟那群類哥兒們看球賽、喝啤酒時才會出現。但昨晚是母親跟Avery還有她女朋友，三個人互相按摩，Avery女友幫老媽修指甲，塗指甲油。幫老媽敷臉。

母親笑得很開心，她說：「有年輕的女性朋友眞好，你們對我眞好。」

看來，老媽有可以一起玩樂的朋友了。注意力可以稍微從父親那裡移開。

然後今天早上，客廳裡睡著這三個女人。他幫她們做早餐，然後叫醒她們。

然後他跟Avery說：「你們慢慢吃吧，我先去上班。」

離開他的客廳，外面空氣裡有花香，他覺得今天早上整顆心很飽滿，爲什麼有這種感覺，他也不清楚，而這是之前他在N房間裡醒來時，才會有的感覺。

#223個早晨

他一進公司就請人資部門開始替他這個小小的處徵助理。兩個助理，他希望不要是

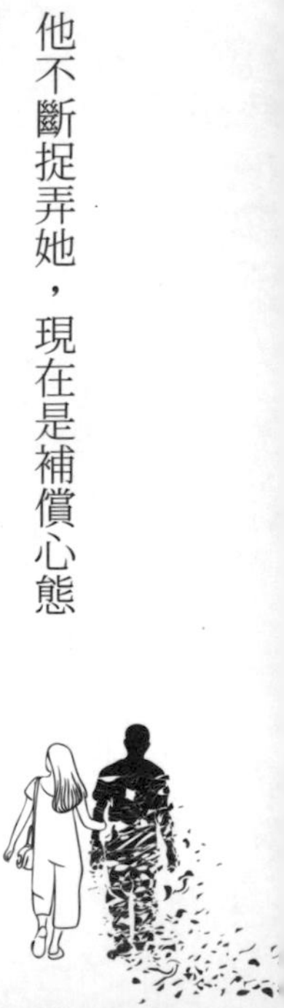

女生，但不能這樣跟人資部門反映，也不能直接告訴人資部門找位跟Avery一樣的人。他才在煩惱要怎麼做，人資部門回覆他，「你的助理Avery都已經把徵人條件寫好了，您可以再確認一遍，查看是否需要修正？」

Avery沒有把徵人條件副本email給他，他沒有生氣的反應，因爲他淺意識裡知道，Avery了解他，她知道他希望的助理是哪種型態。

#222個早晨

還沒清醒，鬧鐘顯示時間才清晨五點多，他的電話響起，是老爸，因爲響起的鈴聲是他爲老爸設定的專屬鈴聲。

「喂，你媽在你那裡嗎？」

「沒有啊，怎麼了？昨晚沒回去？」

「你媽兩天不在家了，我以爲她在你那裡，我要問你媽今天要不要去爬山？要去的話，我現在去接她。結果她人不在你那裡，去哪裡了？」

他覺得老爸眞是沉得住氣，只要老爸在家，老媽一定會在，這兩天如果老爸沒出門，老媽卻不在，老爸卻可以不動聲色，以爲老媽會自動出現，沒想到現在妻子也隔夜不回家，也不報備了。

他猜得到她母親在哪裡，這兩天被Avery寵壞了，應該在Avery那裡。

他想讓他老爸也心急一下，這樣對老媽才公平。

所以他回：「你這兩天也不在家？難怪老媽會離家出走。」

「我只出去一個晚上就回家了！你想你媽會去哪裡？」他爸的聲音開始出現急躁的音頻。

「不知道啊，你趕快去問常跟老媽聊天的幾個鄰居太太啊！我等下要去客戶那裡，沒有辦法陪你找，你找到老媽，如果需要我幫忙，再告訴我。」

掛了電話，他有點小開心，然後哼著歌起床刷牙洗臉，替自己弄了份豐盛早餐。然後在廚房吧台那裡，跟老媽還有Avery視訊。

Avery讓老媽去住她那裡沒有告訴他，他心裡沒有任何一點不高興，相反的，他很感謝Avery暫時充實了老媽內心裡的空洞。

然後他問自己，到底他是怎麼了？完全依賴Avery，毫無任何抗拒，也沒有抵抗力。

#221個早晨

早上進辦公室，他跟Avery擠在他的小辦公室喝咖啡，吃Avery女朋友烤的餅乾。然後他們聊昨天他父親著急的找他老媽的表情，還有他母親高興的笑容燦爛的樣子，兩個人聲音大到隔壁辦公室Allen來探頭探腦：「什麼事那麼高興？又有大訂單了？」

他跟Avery收起發散的笑臉，微笑對著Allen：「沒有，是在八卦Avery烤餅乾的糗事。」說完對著Avery聳聳眉，表示默契。

「是啊，Allen要來一塊我烤的餅乾嗎？」然後Avery白玉般的長手，拿起裝著餅乾的保鮮盒遞給Allen。

「哎呦，人長得美，又會烤餅乾，Peter找你當助理，真是修來的福氣。要是可以娶回家就更好了。」

最後那一句，話說得很不恰當，但他跟Avery都沒有任何表示，只是繼續微笑，請Allen再多拿些。

Allen離開那間空間很小的辦公室，擠在裡面的他跟Avery都沒有說話，兩人空白一陣，然後他說：「明天莊董找我去打高爾夫球，他那邊只有他一個人，所以你可以帶你女朋友一起來，免得她在家會一直打電話來找你聊天。」

然後他們兩個人又嘻嘻哈哈，開始八卦他父母親跟她女友的事情。

#220個早晨

綿綿細雨的高爾夫球日，他一大早到球場等客戶，Avery跟他女友也到了，不過大概是下起細雨，客戶莊董晚到了，還帶了一位朋友一起來。這樣場上五個人就太多了，所以Avery的女友就得退出到俱樂部去等了。

Avery的現任女友可以綁住她的心，大概就是因爲這點，善體人意，知道何時該退讓，何時該進一步。

莊董一開始有點不好意思，所以談話間比以往退讓了些，他帶來的朋友也是同業，最近才決定要擴張市場，所以莊董帶他一起來球敍，原意是，如果兩家公司一起採購，希望價格可以更好。

當然，他跟Avery當場一定答應，但眞的訂單來的時候，在看狀況吧！

但以莊董平日狠準的個性，今日顯得很含蓄。爲何如此，他不太懂？不會是因爲臨時多帶一個客戶來，讓Avery的女友不能打球這種微不足道的事情。

#219個早晨

已經快中午了，他還在客廳吧台盯著手機看股票，今天沒有什麼事情急著處理，他就慢條斯理在家閒晃。然後手機傳來Avery的訊息。

「莊董很可愛，他竟然想請我今天跟他下午茶。」

「你覺得是私事，還是公事？」他邊回覆Avery，邊搖頭微笑，肯定是私事了，怎會是公事呢！

「我想去探探究竟，莊董是個複雜的人，平常跟他們公司業務交手，就覺得他們老總不單純。」

他有點猶豫了。他也有判斷力失準的時候，也許並不是私事，他想跟去，但不恰當。

「那你去下午茶吧，回來回報一下結果。」

其實這如果是一場棋局，他已經輸了一步了，因為莊董跳過他跟Avery直接聯繫，不管是公事或是私事，他對這位客戶都失去完全控制力了。

雖然他愈來愈依賴Avery，但競爭之心始終在他心裡，他不可能完全放心Avery不會踏著他前進，但心裡也隱約覺得，這是未來不可避免的結果，與其步步防堵，不然就讓事情自然發展。而讓事情自然發展這個決定，已經讓他自己很不像自己了。如果是前幾個月，他一定會馬上佈局，讓這種事情不至於發生。

但現在才來後悔，都已經於事無補了。

#218個早晨

他今天刻意提早進辦公室，因爲他想試探Avery會不會主動進小辦公室對他報告昨天她跟莊董下午茶的事情。

但進公司後，沒有看到Avery在座位上，他問櫃檯，櫃檯說今天有人來應徵，Avery可能在其他會議室面試。

本來他對Avery沒有把應徵新人的條件副本給他完全沒有意見，但現在才感受到，他顯然又多了一件無法掌控的事情。

#217個早晨

Avery昨天晚上，把那天她跟莊董下午茶的狀況告訴了他。

莊董知道從他這裡比較難突破，因爲他總是很技巧的、不得罪人的避開各種刁難人

的條件，莊董以爲可以從助理這裡得到他想要的。

這個理由跟邏輯有點難以理解，因爲不管怎麼樣，他都是Avery的部門主管，不管條件是什麼，都要經過他，何況他上面還有個總經理。莊董是難搞的生意人，再怎麼樣，也不太可能犯這種低級錯誤。他還是覺得Avery有隱藏些什麼，沒有完全對他坦白。

這就是他總是不喜歡跑客戶時，旁邊跟著別人，總有些他無法控制的變數，原先他很信賴Avery，但現在開始覺得麻煩了起來，還是自己去跑客戶比較單純。

清空一下腦中複雜的煩惱，他把單車拿出來打氣，等下要跟客戶一起騎車。

一起騎單車的這位客戶對他來說很重要，客戶單量很大，不喜歡應酬，只喜歡有人陪騎車、陪打籃球，沒有其他亂七八糟的嗜好，維繫起來很單純。

他邊騎車出門，邊想，如果這種客戶多一點，世界不就更美好了。

#216個早晨

早上替自己做了一頓豐盛的早餐，這兩天家中很平靜。他舒服的慢條斯理煎蛋，烤吐司。把切好的蘋果跟切丁鮭魚加上檸檬，一起放進烤箱裡烤。

然後把咖啡豆拿出來，工序繁複的磨豆，濾咖啡。至於豆子是水仙，還是天堂或藝妓，他不清楚，袋子上沒有標記，這是Avery女朋友幫他補貨的豆子。

然後他突然一驚，連咖啡豆都是Avery跟她女友幫他準備，他感覺自己的生活正在慢慢被接管，往完全不可控制的方向走去。

#215個早晨

經過Avery的座位，她還沒進來。

他不自覺把小辦公室的門關起來，升起了防衛心。

他特別提早進來，是爲了檢查他的櫃子、桌面、電腦，他想找出還有其他Avery影響他的蛛絲馬跡。然後他又驚訝的發現，原來他的滑鼠已經換新了，這幾天他完全沒發現，這些小細節，平常他不會在意，但現在，他竟然不知不覺的被人控制住了，他太粗心了，連滑鼠換過了，他都沒注意到。

但其實，換個新的滑鼠不好嗎？他這樣反問自己。

#214個早晨

一連兩天都在辦公室與Avery錯過，Avery忙行政工作時，他不想打擾她，Avery

要找他時，他剛好又在外面拜訪客戶。現在他們這兩人部門事情繁多，新助理沒有進來前，她要幫他維繫客戶，更要做繁重的行政工作。他可以一整天不用開電腦處理那些雜事，只需要用手機查看訂單、庫存、進出貨日期，Avery比起他更細心，他幾乎不需要擔心行政事務會出錯。

但這兩天，他隱約覺得這些工作進度落後了，但他不想催促Avery。

終於，今天Avery一早就坐在座位上，他經過Avery時，聞到一身酒氣。

如果Avery剛進來那幾個月，他肯定會好好玩弄她，但他現在反而擔心起她了。

「Avery，進來一下，我有事找你。」

眼睛紅腫，Avery慢慢走進來，臉色灰白。

「怎麼了？」

沒有開場白，他就直接問Avery怎麼回事，他忘記自己這幾天在防備她。

「莊董！他是畜生！」

他一聽到這就明白了，起身去把小辦公室的門關起來。

莊董弄不清楚Avery是什麼樣的人，已經連著好幾天約Avery出去喝酒，想要占女生便宜。Avery早就知道莊董的企圖，但她都沒跟他提，也沒跟他抱怨。Avery覺得自己就可以解決這件事，不需要讓他煩惱。原來那天莊董打球，一反常態把狼性藏起來，假裝文質彬彬，就是爲了把妹，可惜莊董不清楚Avery不是妹。

他心疼了，是怎樣的細膩體貼，才能做到這樣？然後自己很慚愧他對Avery的猜忌心，以及多餘的防衛心。

「莊董這裡，以後我來處理吧，你都不用管，幫我把大茱他們公司跟微笑小姐公司的事情處理好就好。」

然後拍拍她，要Avery今天回去好好休息，多休息幾天也沒關係。

「沒關係，等下還要面試，趕快把助理找進來比較實在。」Avery太盡責了。

他無奈的微笑：「那換我去幫妳弄杯熱咖啡吧！」

#213個早晨

也許是他老媽最近在Avery跟Avery女友幫忙下，愈來愈青春，日常活動甚至比老爸還多。除了每個月一次臉部雷射課程，還有每週一天瑜伽課，兩週一次身體按摩課程，還去老人大學上編織課，幾乎都不在家，認識的朋友也多了，每天在家抱著手機或是平板電腦不放，因爲都在跟課程認識的同學聊天。

家事平常老爸就已經接手幫忙了，現在連晚餐都接手，雖然沒有聽到抱怨，但是光是老媽課程剛開始的一週，他就都在找自己的老婆。

因爲老媽沒有把自己的課程表給丈夫。

這算是一種遲來的報復嗎？

他看在眼裡，什麼都沒有說，也沒有插手。這是他們夫妻自己的事情吧！

不要再輪流到他的客廳裡來煩他就好。

#212個早晨

需要兩位助理，已經先找到一位，今天進公司。

來的是位年輕男生，年齡比Avery大一點，身材微微矮胖，臉上掛著容易親近的笑容。

「這是我們的主管，叫他Peter就好。」Avery幫兩人介紹。

「嗨，請稱呼我Will就可以。」他伸出手跟Will握手。

「Will，以後還要請你多幫忙了。」用詞很優雅的男生，他喜歡。

#211個早晨

他今天出門拜訪客戶帶著Will，這是Avery建議的：「先讓Will瞭解幾個特定客戶的個性，這樣以後在空中應對比較清楚要用哪些策略，做起事來事半功倍。不會像我剛進來的時候，一直要到處拜託人打聽，然後還要自己在對方公司佈線人，很累啊。」

「是，感覺當初我是在虐待你啊。我帶Will出門便是，你是他長官，你怎麼說都對。」

這才清楚，Avery剛進公司跟著他工作，當初的後勤支援工作有多辛苦了。

總之，他現在很依賴Avery，基本上她決定的做事方法，都是有邏輯可循，所以他接受。

換成Avery剛進公司的時空，他絕對會略過Avery的任何意見。

但他也發現，Avery當時也不會主動提任何建議，只會告訴他已經如何解決了哪些事情，現在他才觀察到，Avery非常聰明。

#210個早晨

Will跟Avery幾乎是同一種人，非常靈敏聰明。昨天才去見過客戶，今天就馬上接手

Avery的工作，開始聯絡起客戶，檢查與校正訂單，跟財務建立關係，去倉庫討好倉管，有男生願意這樣開始業務助理的工作，很周全，也很積極，想必野心也不會太小。

他自己沒有做過業務助理，一進公司就很不客氣的跟面試他的副總說自己會扛業績目標，業務行政工作也會一手包辦，這是以前的他，喜歡一人獨力作業，沒有太大野心，唯一的樂趣就愛賺錢。要賺錢當然就要直接跨進業務領域，副總給他的時間是三個月，三個月內可以達到業績目標，就答應他的狂妄。

他想，做到就是他的，做不到再去別家公司開始，他沒有什麼損失。

不到一年時間，他已經走到現在這個位置，坐在自己的小辦公室裡回顧前面的日子，他只有一點喝掉一杯好咖啡的感覺，口中帶點咖啡因的香味，然後有一點點咖啡因帶來的小興奮感。

眼睛飄向窗外，他還是想騎上單車，去那間早餐店，或者，拿起手機。

他又開始發已讀不回的訊息給N，發訊息給N的感覺對他來說，就像要打開一扇門，但只面對一堵牆壁，而那堵牆壁只有一片堅實的壁面，沒有任何一扇窗或是門可以開啟。

#209個早晨

一大早Avery傳訊息給他，

「今天下雨，伯母要去上瑜伽課，我先送伯母跟我女友去瑜伽教室再進公司喔。今天公司有安排Will新人訓練，麻煩你幫我提醒他要去上課。」

現在Avery同時變成他母親的保母了。

#208個早晨

起床走出房間，要轉到廚房吧台給自己做早餐，他瞄到客廳沙發上坐著一位老男人，是老爸。心裡很無奈，老媽最近不太來，換成老爸了。

「爸，早啊，吃過早餐了嗎？」

「還沒，你媽昨天晚上沒回家，打電話也找不到人。」

他在心裡偷笑。

「大概在我同事那裡吧？不用擔心。我做牛肉漢堡給你吃？」

老爸點點頭。

漢堡肉兩面煎香，切了半顆洋蔥，然後把酸黃瓜罐頭拿出來，漢堡麵包烤好了，把

漢堡組合起來。每份漢堡兩片麵包中間夾了雙層漢堡肉、生洋蔥、酸黃瓜，煮了兩杯咖啡。父子兩一人一份牛肉漢堡、一杯咖啡，無聲地坐在吧台上吃起來。

#207個早晨

Avery早上跟他說今天面試的新人全是女生，但女助理不是要應徵來配合他工作，而是Avery自己要用的。

他笑了，這傢伙，不怕女朋友吃醋。

很無奈，有了Avery，工作生活都突然有趣了起來，某扇窗撒進了一些微微的陽光。這跟他自己每天刻意塑造的陽光暖男，閃耀在衆人面前不一樣，他知道自己心裡其實沒有一大片陽光，而現在這裡面閃耀的微弱光線，是Avery給他的，他自己最清楚。

#206個早晨

下午才要帶新人Will去拜訪客戶，他洗完早餐的杯盤，不太想進公司，今天Avery還是安排面試，下午她不打算一起去拜訪客戶，所以他也就沒什麼動力進公司，叫Will在客戶那裡跟他集合就可以。

繼續打開那本客戶業務大姐送的書《早晨的冥想》。一樣隨便翻開，配上他今天早上手沖的第二杯咖啡。

> 人們總是黏膩膩的，而當你愈和別人黏在一起，別人就愈感到害怕。別人會想要逃跑，因為內在有一種渴求自由的巨大需要。
>
> 單獨是一本藝術，是靜心的根本藝術。——《早晨的冥想》〈六月二十日〉

這幾段文字他覺得自己一看就懂，那跟他工作繁忙時，一點也不想在自己的客廳裡見到爸媽的感受一樣。或者，他喜歡去金黃色頭髮老闆開的早餐店那裡，安靜的吃頓早餐，感受是一樣的。

但這只是短暫的一點開心，看懂得書中文字的意義，卻不代表可以放開些什麼。他又開始傳訊息給N，然後帶著失落的心情出門。

#205個早晨

Avery終於找到她想要的助理了。一位剪了整齊瀏海、齊耳短髮的女生。國外知名大

學財經系畢業，回來曾待過金融業，但想要工作與旅遊兼顧，她覺得貿易類的工作可能最適合自己。這個助理叫Mandy。

他問Mandy，工作與旅遊兼顧，不是應該去旅遊業嗎？

但她笑答：「對於照顧羊群沒有興趣。」

的確，他自己也對照顧跟羊群一樣的一群人沒有興趣。

在貿易公司工作，想要獨立作業或小組合作，都可以。只要能力好，工作中大部分的事情，都可以由自己掌握。

#204個早晨

Avery今天一大早進公司就帶著Mandy認識公司各部門的同事，然後直接讓Mandy參加公司新人教育訓練。擺脫了新人，他跟Avery、Will在公司附近咖啡店聊聊他們的客戶。

他突然發現，這一年他的生活其實發生不小的變化。以前他不太跟同事聊天，跟廠商或客戶開口交談，完全是客套話，距離非常遙遠。而現在跟這兩人聊天，彷彿是跟家人或是眞正的好朋友說話般，自然又沒壓力。

#203個早晨

新同事擠滿了他跟Avery的辦公空間，人資單位今天幫他們換了辦公室，現在除了他有個比之前稍微大一點的辦公室，Avery跟兩位業務助理的辦公室也寬敞了些，Avery的隔板內空間比之前大，還多加了一組櫃子。

從他的座位看出去，外面那三個人顯然很高興的在整理自己的座位，但環視這一切，他卻對自己提出疑問：「這些場景，眞正的意義是什麼？」

他一直在追求的東西，是金錢嗎？他是多了兩個助理幫忙，業績勢必要再做更大，但是這樣他眞的賺更多嗎？賺更多之後呢？

那句牛頓名言呢？「如果我看得更遠，那是因爲我站在巨人的肩膀上。」

現在對他的眞實意義是什麼？

然後他拿起手機，打開與N的訊息視窗，開始傳送絕對會被系統擋下來、已讀不回的訊息。他無奈地放下手機，到樓下去抽根菸。

#202個早晨

清晨，他在房間裡，聽見外面男女吵鬧聲此起彼落，他睜開眼睛仔細聽，無奈的起

床，披一件開襟帽T，光著腳走進客廳。

沒錯！跟他想的一樣，是老爸跟老媽。

「你們在吵什麼？」兩個人看見他出現，都突然安靜起來。

「你爸又一個星期沒回家了！」

「我出門的時候，你媽就不在家了，我昨天回來，她也不在家。」老爸反擊。

他臉部表情僵硬，一股怒氣壓在小腹，他回頭走進房間，再也不願意忍耐他們的胡鬧：「你們既然彼此都不能忍受對方，要不就分居，或者離婚也可以！」

「等下我沖澡出來，希望你們都已經離開了。」

然後他在房間拿起手機傳訊息給Avery，「以後不要再讓我媽在外面過夜。」

然後又附帶傳了一則，「我今天不進公司。」

換上車衣，他把單車打好氣，鍊條整理一下，他以為一切都可以了，不管是工作或是家庭，但是那些跟蒼蠅或蚊子一樣的問題，還是不斷出現。他想要去頭髮染成金黃色的早餐店老闆那吃早餐。

#201個早晨

他又在早餐店的二樓房間裡醒來，樓下傳來陣陣煎培根、煎蛋的香味。他昨天到早餐店的時候已經下午了，跟早餐店老闆騎了一段附近的單車路線，大腿肌肉酸痛，昨天那些郊山的坡度讓他騎到用盡全力才克服。

早餐店老闆看得出來他有心事，但一樣沒有多問。

他起床，對著陽光漫溢的那扇窗伸個懶腰，愉快的下樓吃完一大盤早餐店老闆爲他準備的食物，然後他打工換宿，開始幫店裡客人點餐、送餐、擦桌椅、洗碗盤。

早餐店小妹嘟起嘴：「你跟我搶工作啊！」然後兩人互相大笑起來。

他傳訊息給Avery：「下午如果沒進公司，麻煩把這週工作報告直接上傳公司系統。」

他現在很信任Avery的工作能力，即使沒看過Avery做的報告，他都不擔心會出問題，工作更輕鬆了。

#200個早晨

天空飄著毛毛雨，但昨天早餐店老闆打烊後急著回家照顧他母親，最近他母親的身

體狀況又多了些。今天打烊後，早餐店老闆說想騎車出去抒發一下壓力，兩個人騎單車上山拼速度，騎到筋疲力竭。

在制高點休息時，老闆說，他母親已經昏迷了，昨天送進醫院加護病房。現在就看他母親自己的求生意志有多強了。

他點頭表示有聽早餐店老闆說話，但實在不知該回應什麼。

但他也不想告訴早餐店老闆自己爸媽對他造成的心理問題。他還是不想對別人談論自己的煩惱，或者該說是隱私。

然後他說明天該去上班了，下山跟早餐店老闆分道揚鑣前，他告訴早餐店老闆，有什麼需要幫忙的，記得打電話告訴他。

#199個早晨

準時進公司，兩位助理都已經到了。今天下雨，Avery當然依如往常，下雨天就是遲到天。今天是Will幫大家買了好喝的咖啡，他跟Will還有Mandy閒聊這週上映的電影，預測本週股市，聊得挺高興。

三個人看著臉色蒼白的Avery走進來，他問Avery怎麼了？

「我拉肚子，被伯母傳染，她腸胃炎感冒一個星期了，都還沒好。」

他一時語塞。現在是公事、私事全部攪在一起了？

對這樣的狀況，他覺得自己已經無法控制。Avery完全是好意，但母親卻不能把分際掌握好，她以爲兒子的助理就可以這樣任性的打擾。

#198個早晨

他昨晚好好的跟母親溝通了一整晚。老媽說Avery就是她的乾女兒了！

Avery比他更了解老媽，能幫母親的比他多更多。

即使老媽認爲她跟Avery是忘年好朋友，她跟Avery的交情是她們兩個人的事情，不要他插手。但最後他還是讓母親明白，這樣下去，母親會讓他沒辦法扮演好Avery主管的角色。

公私不分的結果就是，有時候他想要恩威並重的在工作上影響Avery，就變得很難堅持己見，因爲他會想到Avery代替自己照顧母親，然後他就會對Avery讓步。

雖然早在這之前就已經愈來愈難，因爲Avery愈來愈有自己做事情的定見，而他也有愈來愈多的退讓。

他邊想著最近這些算是煩惱，也不算是煩惱的生活瑣事，一邊把自己做好一會兒，已經涼掉的煎蛋三明治吃下肚。有點食不知味。

#197個早晨

兩位助理的工作都已經安排好，大概可以跟上他以及Avery的想法。所以他跟Avery要同時出差，到阿姆斯特丹工作幾天，然後他轉去丹麥，Avery移動至德國漢堡，兩人再到捷克會合，再從捷克回來。機票、住宿都訂好了，有了兩個助理幫忙，他們可以無後顧之憂的出差。

這是他規劃的部門遠景，愈來愈大，把公司的歐洲市場跟東南亞市場慢慢都掌握在自己部門。但現在看起來，感覺一點也不重要了，賺更多已經不是他最想要的了。

因爲他有種混雜著這個部門同時屬於他跟Avery的想法，利益可以共享，這是他以前從來不會有的感覺或想法，Avery已經與家人沒有差別了。好像他努力工作的目的，只是爲了與Avery一起工作。

#196個早晨

阿姆斯特丹下著小雨，他們把運河的觀光油船當作交通工具，先把明日要拜訪客戶的動線看一遍，當然也有些地方還是要坐電車或搭出租車。

#195個早晨

他的英文會話不太流利，所以跟客戶交談時，原鄉的口音很重，尾音也常發不出來。不過荷蘭客戶英文說得也不怎樣，所以大家就慢慢說，慢慢溝通。

但當Avery把書面資料拿出來，跟大家解說時，那英文會話卻非常流利，加上電腦投影簡報，整場會議已經被她掌控住了，他雖然在旁邊觀戰樂得輕鬆，但回到飯店時，卻莫名生出一股擔心。然後他搖搖頭，把腦中想的那些像蠕蟲般的雜訊甩掉。

#194個早晨

昨天只拜訪了兩組客戶，今天繼續，仍然下著小雨的阿姆斯特丹很潮濕，這不是他喜歡的天氣，多少有影響到工作心情，但他偷偷觀察Avery漂亮臉蛋上的表情，仍是一臉淺淺的笑意，彷佛這個世界上所有的事情都是美好且值得歌頌的。

#193個早晨

昨天最後把阿姆斯特丹不多的客戶拜訪完之後，他們在飯店酒吧喝幾杯慶祝這一階段的工作結束。雙方互相核對了各自要出差哥本哈根、漢堡的行程表，還有到捷克會合的飯店地點。本來他想回房間早點休息，但他又想跟Avery聊聊他對自己這個小部門的未來遠景。

Avery聽著他說完後，沒什麼意見，跟他一起舉起酒杯互相祝福這個部門愈來愈好，大家業績增加，收入也增加。

昨晚的酒精作用，他的頭現在還有點痛。他早上準時在餐廳等Avery一起用早餐。他先吃了一份太陽煎蛋，收到Avery簡訊。

「我有點頭痛，不吃早餐了，等下時間到了，我直接出發。」

他回：「至少帶份麵包路上吃。那我得先出發了，我的飛機時間比你的早。」

#192個早晨

哥本哈根的客戶也是個位數，他昨天都已經請Will先再確認一次拜訪的時間。昨天下午抵達哥本哈根已經拜訪了一家，一切還算順利，訂單也確認不會漏。

今天繼續，早餐在飯店吃得超級飽。他很喜歡這裡的火腿跟起司，沒有吃午餐，因爲交通時間占據太多。順利走完這些客戶，他心中很踏實，覺得一切都往他想要的方向走，他心裡非常平靜，以前那些經營客戶的算計與謀略，都暫時拋到九霄雲外。他覺得這一切是要歸因於Avery的出現嗎？他不確定，同時他也想到早餐店老闆跟他的助手。

他想傳些什麼訊息給誰，抒發自己的心境，但是他只有早餐店的電話，從來也沒想過要跟早餐店老闆要手機號碼，現在打去店裡問，又顯得太刻意。然後他又打開N的訊息框，發送訊息出去，照樣是已讀不回。

他才剛覺得踏實的心，又空虛了起來。

#192個早晨

昨天晚上飛到捷克，他與Avery要在這裡會合，Avery還沒到。他沒有追Avery的時間，因爲這陣子信任她，已經不再追蹤她的工作狀況或行程，基本上就是把Avery當作合夥人般信任。

但看她還沒出現，他傳訊息給Avery：「到捷克了嗎？我已經在飯店大廳等你了。」Avery沒有回。他有點擔心起來，打電話給Avery，電話不通。

早上過去了，傳訊息請在台北的Will幫忙追蹤一下Avery的狀況，他不知道是飛機誤點，還是眞的遇到什麼意外的事情。

沒多久，Will回訊：「Mandy說總經理昨天要她幫忙聯繫Avery儘速趕回，要Avery成立歐洲新處，所以Mandy昨天就幫Avery改機票回來了。」

他突然感到一陣頭暈，然後拼命搖頭，他躲回房間去睡覺。他想睡上一整天。

#191個早晨

一早睡醒，窗外看起來很暗，沒什麼光線，跟晚上一樣。

他打開手機，Avery傳訊息給他：「很抱歉沒有先告訴你，但總經理臨時通知我，而我眞的很想要有自己的部門，請諒解。」

「自己的部門，那是我打造出來，我規劃出來，我請你一起幫忙努力出來的，而你現在想要有自己的部門？」他覺得自己被背叛了，他沒辦法接受，他在心裡嚎叫。

他的班機時間快到了，但他一點也不想回去，他在房間裡踱步，他的舞台又縮回今年初那個迷你的小部門。

他傳訊息給N訴苦，想當然沒有回應。他打電話去早餐店，但電話通了，他卻不知該說什麼，然後對方「喂！」一聲，他就掛斷了。

他躺回床上。

#190個早晨

他起床，梳洗幾次，覺得十分乾淨後，到飯店餐廳去吃早餐。一大早，他就吃了一大份肉排、八顆太陽煎蛋。

他傳訊息給N：「你知道嗎？我生平第一次被人玩弄，而且是我親自帶出來的助理。你說，該有多好笑。」

他知道不會有回覆，但他需要抒發的出口，他繼續傳訊息：「如果我就一直單打獨鬥就好了，根本就不該想什麼成立完整的部門，賺更多錢。多了想法，就多了讓人趁隙而入的空間，現在她不但侵入我的生活，還奪走了我打造好的舞台。」

「我決定不回去了，我要待在這裡。」他在飯店裡拉上窗簾，足不出戶，睡了好久。他覺得自己不需要起床，也沒有必要起床。

然後他想起了什麼，出門走向河岸，他把身上的雜物包括手機、護照全部放在地上，然後他把身上這套名牌合身的西裝脫下，他不想要穿著這身衣服，這些衣服對他來

說是只是一套又一套的舞台裝。

因為他是外國人，言語難以溝通，河岸邊的路人誇張的指指點點，他光著身體看向他們，在好像是警察的人物跑向他之前，往下跳。

沉進水裡，他心中一片平靜，「終於，舞台散場了。」

那個他遺留在地上的手機鎖屏螢幕上，跳出N回覆的訊息：

「一切有為法，如夢幻泡影，如露亦如電，應作如是觀。」

淡淡的陽光閃進他剛張開的眼睛裡，是美好的開始嗎？張開雙眼會看見什麼呢？

總之，張開眼睛，才會看見想要看見的場景，不是嗎？

#365個早晨

窗臺的陽光淺淺的踏進來，閃閃發亮的金黃色灑在黃色窗簾上，他看著窗外阿勃勒開滿了一大串一大串的黃色花朵，清早起床的這一片黃色，讓他想要立刻跳起來迎接世界。他感覺奇餓無比，覺得自己現在可以一次吃掉八個太陽煎蛋。

#364個早晨

外面陽光燦爛，他穿好最近新買的自行車衣，鏡子前面左右繞一圈，對自己很滿意，然後戴上安全帽，跨上他的愛車，天氣很好，他決定沿著河濱騎完一圈後繞山路回家，這樣騎完大概一個半小時，中間休息一下，騎滿二個小時剛剛好。

#363個早晨

下雨了，才出門十幾分鐘，騎單車騎得正高興就下起雷陣雨。但是已經有心理準備

可能會下雨，抱著僥倖的心態就是這種結果吧？

他無奈笑笑，不過這陣雨淋起來挺舒服。

他開始加速，路上其他的騎車同好也都急忙加速，總算騎到路橋下暫時避雨，等待雨停。

「說不定等下可以看到彩虹！」他自以爲是的樂觀態度，驅使他這樣想著。

#362個早晨

清晨梳洗完他照照鏡子裡微笑的自己，他的同事曾經開玩笑的對他說：「你總是這樣樂觀嗎？每天笑容滿面，到底你的陰影在哪裡？沒有陰影的人，應該很容易被太陽曬傷吧？」

「陰影？我的陰影在哪裡呢？」他自己也想不通，但他自己知道，他沒辦法與家人相處，家人其實就是他的陰影。

跟家人在同一個屋簷下，除了吃飯時間加上必要的交談，其他時刻，他會躲進自己房間一整天，直到其他人都睡了，他才會離開房間活動。所以他會盡量躲避回家，自己在外面住，自由自在多了。

#361個早晨

幾天來的大雨，總算解除了幾個月來的酷熱以及旱象。然而下大雨的結果，就是失去戶外運動的樂趣，他在家拼命踩在跑步機上好幾個小時都還不過癮，跑步機運動結束，再把自行車架上練習架，開始把踩自行車當作飛輪運動，配上樂音震天的搖滾樂，一樣也是踩好幾個小時才過癮。

他感覺自己根本是藉著運動逃避什麼？有嗎？他懷疑的問自己。誰叫這幾天大雨傾盆，沒有戶外空間可以伸展四肢，全身都不舒服。

也許，他心底的靈魂是郊狼，或是獵豹。

註

（1）宗薩欽哲仁波切《毒藥是良藥》視頻上開示：https://www.youtube.com/watch?v=JGRtlEq5i0k

（2）奧修《早晨的冥想》（探索出版社）這本書，依照一年的日期編寫每一天早晨的心靈短文。

（3）《失落的愛UN PROFIL PERDU》法國女性主義作家莎岡（Françoise Sagan）的小說著作。

國家圖書館出版品預行編目資料

寂寞的上午／文刀莎拉著.　--初版.--臺中市：白象文化事業有限公司，2022.9
　面；　公分.
ISBN 978-626-7151-75-4（平裝）

863.57　　111010390

寂寞的上午

作　　者　文刀莎拉
校　　對　趙雍齊
發 行 人　張輝潭
出版發行　白象文化事業有限公司
　　　　　412台中市大里區科技路1號8樓之2（台中軟體園區）
　　　　　出版專線：（04）2496-5995　傳真：（04）2496-9901
　　　　　401台中市東區和平街228巷44號（經銷部）
　　　　　購書專線：（04）2220-8589　傳真：（04）2220-8505
專案主編　陳逸儒
出版編印　林榮威、陳逸儒、黃麗穎、水邊、陳媁婷、李婕
設計創意　張禮南、何佳諠
經紀企劃　張輝潭、徐錦淳、廖書湘
經銷推廣　李莉吟、莊博亞、劉育姍、林政泓
行銷宣傳　黃姿虹、沈若瑜
營運管理　林金郎、曾千熏
印　　刷　基盛印刷工場
初版一刷　2022年9月
定　　價　250元